# VLADARG DELSAT

# ХРАНИТЕЛИ

2024

Copyright © 2024 by **Vladarg Delsat**

All rights reserved.

No part of this publication may be reproduced, distributed, or transmitted in any form or by any means, including photocopying, recording, or other electronic or mechanical methods, without the prior written permission of the publisher, except as permitted by copyright law.

The story, all names, characters, and incidents portrayed in this production are fictitious. No identification with actual persons (living or deceased), places, buildings, and products is intended or should be inferred.

Book Cover by **StudioGradient**

Edited by **L.Pershakova**

**ISBN**: 978-2-8976-8910-0

Copyright © 2024 by **Vladarg Delsat/Владарг Дельсат**

Все права защищены.

Никакая часть этой публикации не может быть воспроизведена, распространена или передана в любой форме и любыми средствами, включая фотокопирование, запись или другие электронные или механические методы, без предварительного письменного разрешения издателя, за исключением случаев, предусмотренных законом об авторском праве.

Сюжет, все имена, персонажи и происшествия, изображенные в этой постановке, являются вымышленными. Идентификация с реальными людьми (живыми или умершими), местами, зданиями и продуктами не подразумевается и не должна подразумеваться.

Художник **StudioGradient**

Редактор **Любовь Першакова**

**ISBN:** 978-2-8976-8910-0

# Глава первая

### АЛЕКСАНДР ТИХОНРАВОВ

БТР[1] со скрипом остановился, не глуша, впрочем, двигатель. Отдельный разведывательный батальон перебрасывался с техникой из Баграма в Гардез[2]. Первая часть пути прошла неожиданно спокойно, «зелёнка» будто вымерла. В Кабуле встали на обед, заправку, чтобы «выгрести всё, что осталось на складах», и прочие военные развлечения. Прапорщик с редкой фамилией Полуэктов с удовольствием занимался выгребанием. Местные интенданты, видя этого «почти офицера» с двумя орденами, впадали в кратковременный ступор, чем товарищ прапорщик с удовольствием пользовался.

Старший лейтенант Васин отдыхал, пока его друг «выбивал» из складов хоть что-нибудь ещё сверх положенного. Юрку старший лейтенант знал давно, поэтому верил в него, как в самого себя. И действительно, взмыленный прапорщик отнял один из грузовиков и куда-то умчался. Васин только хмыкнул... Предстоял стодвадцатикилометровый переход в Гардез по не самым простым местам, и самое неприятное было в том, что старлей этим маршрутом шёл впервые. То есть возможных сюрпризов не знал.

— Прапорщик, возьми сестричку до точки, — попросил Полуэктова какой-то офицер. Приглядевшись, прапорщик узнал бригадного особиста[3], что вызвало логичные, с точки зрения «почти офицера», вопросы. Рядом с начальником особого отдела бригады стояла Юлечка Ивантишина, при виде которой сердце Юрия на минуту замерло. Давно и, как он считал, безнадёжно влюбленный в женщину Полуэктов попал в логический тупик.

— Командир меня на ДШК[4] наденет, — задумчиво ответил так и не пришедший ни к какому выводу прапорщик отдельного разведбата. — Мы же впервые идём, а вдруг там эти...

— Это приказ, прапорщик, — спокойно произнёс особист, отметая тем самым все сомнения.

— Есть, понял, — козырнул Полуэктов и улыбнулся Юлечке, спрыгивая с подножки. — Залезайте в кабину, товарищ медсестра.

Васин, увидев молодую женщину, сильно удивился. Удивлялся он минут пять[5], вслед за ним удивлялся и поставленный в известность по радио начальник колонны. Когда поток... удивления иссяк, Юлька задорно улыбнулась, ответив тирадой, смысл которой сводился к тому, что её наличие в колонне не относится к служебным обязанностям товарища старшего лейтенанта, чем оного полностью убедила. Женщиной Ивантишина была весёлой и за словом в карман не лезла.

Разобравшись в порядке следования и разбудив механиков-водителей, офицеры готовились выступить в путь. Была надежда на то, что крупная колонна просто отпугнёт басмачей[6], но, конечно, надежда была так себе. Проверив и зарядив всё, что поддавалось этому, а поддавалось абсолютно всё, колонна отдельного разведбата с приданным ему «кое-чем» выдвинулась «кое-куда». Взревели двигатели боевых машин, матерно перекликнулись водители, зашевелились башни и, испуская сизый дым сгоревшей солярки, машины одна за другой уходили в сторону конечной точки. В пути были возможны неприятные сюрпризы — впрочем, солдаты и офицеры уже привыкли к такой обстановке.

Юлечку затолкали в бэтээр[7], чтобы злые дяди не обидели девочку нежданным выстрелом. Это было и правильно, и не очень — что-то покрупнее могло и похоронить всех. Басмачей уже потихоньку начинали называть просто «духами»[8], но Васин перестраивался медленно, продолжая называть «нехороших дяденек» так, как привык. Внутри транспортёра было душно и жарко, впрочем, жарко было везде, а воду требовалось беречь. Самые умные пили не простую воду, а слегка подсоленную, а у глупых на марше фляги отбирали офицеры. Впрочем, глупых было немного, они или учились и умнели, или меняли полевую форму на цинковую[9] и отправлялись домой.

Прапорщик сидел рядом с Юлечкой, наслаждаясь просто тем, что она рядом. Женщина была молчалива, задумчива, но при этом с хитринкой поглядывала на Полуэктова. Юра понимал всю бесперспективность своей любви, но ничего с ней поделать не мог. Юля же...

ХРАНИТЕЛИ 3

*Женщина была умной, носила погоны, о которых никто не знал, и занималась делами очень тайными, о которых знать посторонним не следовало.*

*— Ну, что сидишь, глазами лупаешь? — по причине шума в брюхе машины ей приходилось кричать. — Обними девушку!*

*— Есть, — рефлекторно отреагировал товарищ прапорщик, выполняя приказ красивой женщины.*

*— Тёплый, — констатировала она, впервые подумав о том, что дома её никто не ждёт. Юля была сиротой. Мамы своей она не знала, а папа погиб, когда девчушке было пять. Папины друзья не оставили, конечно, ребёнка, но возвращаться ей было совсем некуда — её никто не ждал. А ей, как и всякой женщине, хотелось тепла и ласки.*

Поставив точку, я вздыхаю, задумчиво глядя в окно. В Афганистане меня не было, конечно, по возрасту не прошёл, но пишу о нём, потому что это более-менее безопасно. Попробовал бы я что-то такое о Чечне написать, начальству это точно не понравилось бы.

Я — писатель-фантаст, и эта история будет в результате очень даже фантастической, соединив прапорщика и медсестру, которая, конечно же, никакая не медсестра — ну да это уже понятно: не будут простую медсестру впихивать в колонну по приказу особиста, так что тут уже ясно, что всё не просто. Надо писать дальше, ибо считается, что кормлюсь я именно с этих вот книг.

На дворе — второй год так называемых «нулевых», бардака в стране хватает, и такая легенда вполне проходит, конечно. Ну а та контора, где я на самом деле работаю, огласки не любит, потому приходится легендироваться даже дома. Впрочем, на мой взгляд, это норма, нечего и думать о смене работы. Во-первых, от нас можно уйти только ногами вперёд, а это мне ещё рано, и, во-вторых, смысла в этом нет — работа интересная, с командировками, а от добра добра не ищут.

Мне тридцатник недавно стукнул, то есть детство моё прошло в той самой стране, где все и процветали. Допроцветались до того, что полыхнуло всё вокруг, как бензином политое, потому у меня сразу же нашлись интересные занятия. Года до девяносто шестого активно занимался, а потом меня пригласили уже и в нашу контору. Сыграло свою роль многое — и знание пяти языков на уровне свободного владения, и опыт, и даже тот факт, что заочно на физтехе тогда учился.

Ну а сейчас я на отдыхе после очередной командировки, сижу вот, книжку пишу, по сторонам поглядываю, но тут у нас тихо. Город Энск что при Союзе был тихим, что сейчас сонное царство, даже бандитов нет — нечего им тут делать.

Лихие девяностые, конечно, жизнь перевернули. И помотало меня где ни попадя, и семью забрало… Первым батя ушёл — просто не перенёс падения огромной страны, вот и подвело его сердце, а мама ушла вслед за ним, оставив меня одного на всём белом свете. Ну, тут ничего не поделаешь, жизнь — она такая…

Тяжело вздохнув, я снова берусь за перо — нужно дописать хотя бы до конца главы. Завидую я этому прапорщику — девчонка рядом непростая к нему неровно дышит, да и он сам влюблён, не то что я — один как перст. Но с моей работой так, может, и лучше, просто тоскливо иногда. Человек — всё же животное коллективное... Ладно, всё, отставить хандру, писать надо.

## ЛИЛИЯ НАЙДЁНОВА

Сидя на высоком стуле, стоящем на веранде богатого дома, я курю тонкую сигарету, задумчиво глядя на качающиеся ветки дерева. Что это за дерево, мне неинтересно, я просто бездумно смотрю на шевеление листьев. Сижу, курю и смотрю...

Мне недавно исполнился двадцать один год, можно было бы сказать, что я ещё ребёнок, вот только детства у меня никогда не было. Хотя, может быть, я его просто не помню, ведь нашли меня голой и босой на улице. Хорошо, хоть лето было. Сидела в траве, ничего не понимала, даже разговаривать не умела, как говорят. Докторша записала меня двенадцатилетней, так я в детском доме и оказалась. Даже имя мне там дали, ведь настоящего я не помню. Я о себе настоящей вообще ничего не помню...

Первое моё воспоминание связано с детским домом. Наверное, память сохраняет только самые яркие моменты, поэтому моим первым воспоминанием оказывается боль. Сильная боль сзади, чей-то истеричный крик — и больше ничего. Взрослые в детском доме были злыми и какими-то усталыми, отчего предпочитали с нами общаться тумаками, поэтому я быстро научилась прятаться, пока не начала разговаривать, а вот в школе... Помню, что хорошо училась, но вот чему там учили — не помню совершенно.

Прятаться надо было не только от взрослых, но и от старших ребят, которым я чем-то нравилась, хотя ничего особенного во мне нет. Большие зелёные глаза, светлые волосы, ну и худая я очень была, потому что кормили нас так себе. Кто постарше и небрезгливый, те воровали, а я не могла. Меня даже заставить пытались силой, но я всё равно не могла, поэтому, наверное, и отстали.

Самое страшное началось, когда выросла грудь. За неё любили хватать старшие ребята и даже иногда взрослые. И пугали сильно, просто до дрожи. Я одно время даже спала под кроватью, чтобы не нашли. Так что воспоминания у меня о детстве не очень.

С Серым я познакомилась, когда мне четырнадцать уже было. Не знаю, что Серёжа забыл возле нашей школы, но он меня отбил тогда от целой компании. Старшие ребята уже задирали на мне одежду — понятно, что собирались сделать, они зажимали мне рот и били в живот, отчего я не могла им сопротивляться. Я как сейчас помню этот день…

— Будешь сосать хорошо — целая останешься! — шипел мне в лицо Колька из десятого класса.

— Сейчас мы тебя… — вторил ему его приятель, залезший потными пальцами прямо… туда.

Я уже прощалась с жизнью, осознавая, что после такого жить будет совсем незачем, и тут вдруг откуда-то налетел огромный такой взрослый, как шкаф. Он сильно побил десятиклассников, а потом взял меня на руки. Это было очень приятно… Сергей меня тогда отвёз к врачу, который подлечил меня, а потом как-то очень сильно припугнул воспитателей в детдоме, отчего меня совершенно перестали трогать.

Я почувствовала себя более защищённой, но после девятого класса всё равно попросилась к нему, потому что очень уж страшно было. К тому времени я уже согласна была на это самое, только бы не били, а в школе в последнее время меня начали подкарауливать девки. Зачем им нужно было меня обязательно унизить и избить, я не понимала.

Тогда я уже знала, что Серёжа — бандит, но считала, что раз всё равно рано или поздно со мной *это* сделают, то лучше пусть это будет тот, кто мне хотя бы не противен. Но, против моего ожидания, мужчина не стал меня сразу «распечатывать», напротив, он говорил, что побережёт меня. Что это значит, я на тот момент не понимала.

Прикрепив ко мне машину с шофёром, Серёжа обеспечил меня курсами, чтобы мне не было скучно, так я и училась. Ну а когда мне исполнилось семнадцать, он официально расписался со мной. Вот только тогда он меня и… Не скажу, что между нами есть большая любовь. Серый меня, может, и любит, а я его — нет. Раздвигаю ноги из благодарности, изображаю любовь и удовольствие от этого дела, хотя не чувствую почти ничего. Но тут ничего не поделаешь, идти мне некуда, поэтому буду женой бандита, куда деваться…

В последний год Серёжа начал называться «олигархом», но для меня разница небольшая, разве что сейчас он сам никого не убивает, а я… Я — фифа снаружи, а вот внутри… Кому какое дело до той маленькой безымянной брошенной девочки, что горько плачет где-то на дне моей души? Никто этого не видит и не увидит, потому что никому это и не надо.

У меня есть всё, что мне нужно, и даже сверх того, но я понимаю, что просто устаю. Мне бы заняться чем-нибудь важным, но работать мне не позволит Сергей, а ничего другого важного я просто не знаю. Книги писать? Так тут талант нужен, хотя муж вполне может купить мне типографию, которая будет печатать, что сказано. Вышивать? Разве это важно? Вязать? А смысл? Детей у нас нет, с чем это связано, я не знаю.

Сергей возил меня к докторам, но те сказали, что я абсолютно здорова, а себя проверять он не решился. Я уже подумывала взять ребёнка из детского дома, но, вспомнив свой опыт, не решилась. Дети там звереют быстро, иначе просто не выжить. Наверное, надо завести собачку какую-нибудь или кошечку, как жёны Серёгиных друзей делают, но мне просто не хочется. Сама я любви никогда не знала, разве смогу я полюбить кого-нибудь? Как бы узнать, что это такое — любовь?

Я трезво смотрю на жизнь, хоть и прожила совсем немного вроде бы. Смысла у моего существования совсем нет, я просто прожигаю день за днём, симулирую удовольствие — что в постели, что в повседневности. Я отлично это понимаю, вот только выбора у меня нет совсем никакого. И хочется выплакаться, но я, во-первых, не умею, а во-вторых, некому. Приятельницы меня просто не поймут, а близкой подруги, которая смогла бы понять, у меня просто нет. Мы хихикаем, делимся какими-то мелочными проблемами вроде цвета и длины ногтей, но друг другу ни на гран не доверяем.

Кому тут доверять, если все мы изображаем из себя клинических дур, а некоторые, как Матильда, похоже, ими и являются. Но её мужу с погонялом[10] Зубило это, кажется, нравится. Он сам невеликого ума человек, ну да от него не ум требуется, а умение бить. Правда, думать о том, чем занимаются в жизни наши «олигархи», мне не хочется. Все вокруг суть дикие звери, потому и не жалко никого.

Кажется, зачем мне такая жизнь? Но выбора всё равно нет никакого, поэтому и сижу я сейчас, покачиваясь на высоком стуле, на веранде нашей виллы и смолю длинную тонкую сигарету ради баловства.

# Глава вторая

**АЛЕКСАНДР ТИХОНРАВОВ**

Что я помню из своего детства? Папа работал дипломатом, ну и мама с ним, поэтому по детству я помотался по миру с родителями. Оттуда и свободное владение языками, кстати. Есть что вспомнить, да и детство своё я считаю очень счастливым. Возможно, именно поэтому на меня Контора внимание и обратила. Ну а мне-то что...

Как Союз рухнул, так и полыхнуло всё кругом, молодому парню приключения нашлись. Где меня только ни носило, везде успел, даже там, где официально наших не было. На память о девяностых остались, кроме родительской могилы, два лёгких ранения и контузия. В общем-то, можно сказать, легко отделался — живой же. Живой... А зачем?

Вот когда я себе задавал вопрос, что теперь будет, на меня Контора и вышла. Так я обрёл смысл какой-то в моей жизни. Сначала, конечно, была подготовка, времена-то изменились, никто рацию на себе не таскает, технологии появились разные, вот и готовили меня довольно-таки серьёзно. Ну а потом в качестве практики послали в одну интересную страну — выкрасть не самый простой документ. К моему везению, в той стране как раз начался бардак местного масштаба, отчего мне удалось довольно просто выполнить задание.

За первым заданием последовало второе, затем третье, награды, деньги, вот только было у меня ощущение, что всё это — баловство какое-то, несерьёзное совершенно. Своё мнение я, разумеется, держал при себе и рта без команды не открывал. Сейчас вот уже полгода — тишина, что очень странно, ибо вряд ли все враги закончились. А что это значит? Значит, надо ждать.

Чтобы скоротать ожидание, пишу книгу. Работы мои берёт охотно одно известное издательство, хотя я подозреваю, что и тут Контора подсуетилась, обеспечивая мне легенду. Гонорары невысокие, но они есть, кроме того, те же соседи видят мои книги в магазинах, поэтому не возбухают. Ну а деньги есть — зарплата конторская, да наградные, да премии — так и набегает довольно-таки солидная сумма.

Есть у меня ощущение, что не зря меня так долго держат вдали от работы: или провокация какая готовится, или нужна подготовка для моей работы. Во второе я верю больше, потому что провокация с моим участием — это просто не смешно. Меня пристрелить легче, чем что-то устраивать, да и та часть Конторы, в которой я работаю, работу на дом не берёт. Значит…

Вот только где я могу понадобиться, мне пока совершенно непонятно. Вроде бы в мире ничего серьёзного особо не происходит. Да и не пошлют меня на акцию, я же не боевик. А для агентурной разведки нужно время... Действительно, могут заслать на длительную инфильтрацию, типа живи, расти, пока не позовём. Задумавшись об этом варианте, я понимаю, что мне всё равно.

Здесь меня ничто не держит, нет у меня никого, поэтому я в своих решениях свободен, как птица в полёте. С девушками мне почему-то не везёт — или привитые родителями манеры их отпугивают, или отсутствие «Мерседеса». «Мерседес», кстати, как раз есть — папин, но он стоит в гараже, некуда мне ездить, а до набережной, если что, я и пешком добраться могу. Вот только кроме магазина никуда мне не нужно. В кино не тянет, в театр... тоже, честно говоря. Да и нет у нас в городе больше театра, а от кино одно название осталось.

Мои размышления прерывает звонок новомодного мобильного телефона. Потянувшись к кирпичу с воткнутым кабелем зарядки, выщёлкиваю антенну и только после этого нажимаю зелёную клавишу приёма вызова. Килограмм, наверное, весит аппарат, но зато качество связи отличное.

— Тихонравов, — бросаю я в трубку, потому что номер у меня служебный, отчего позвонить может только понятно кто.

— Двигай в Контору, — сообщает мне знакомый голос Василича. — Час у тебя всего.

Василич — колоритный старик лет восьмидесяти, кажется. Он и Сталина помнит, и Берию, и кого только ни помнит. Суровый старик, смотрит — как в прицел, с непривычки не по себе становится. Ну а раз он и срок назвал, то, значит, время не терпит. Возможности ждать такси у меня нет — не успею, значит, поеду на папином автомобиле. Пришла, значит, пора...

Двинувшись в гараж, открываю створки вручную, чтобы оглядеть транспорт. Турбодизельная машина выглядит так, как будто только что с завода, несмотря на то что выпущена двадцать лет назад. Обслуживаю я её, конечно, регулярно, поэтому к движению она готова. Хмыкнув, сажусь за руль, ощущая каким-то чудом не выветрившийся запах папиного одеколона. И вот тут меня впервые за все эти годы тянет просто расплакаться. Вдруг появляется странное желание — обнять маму, прислониться к папе, как в детстве...

Едва справившись с собой, я завожу с готовностью заурчавший дизель. Надо ехать, в Контору просто так не зовут. Автомобиль легко отзывается на нажатие педали, мягко выкатываясь на улицу. У меня всего час, и за это время нужно доехать до «внешнего» офиса, потому что, если бы имелся в виду основной, Василич назвал бы «стекляшку», а так... Ну да мне же проще.

Я шустро выскакиваю на окраину городка, чтобы рвануть по шоссе в сторону виднеющегося на горизонте большого города, точнее, его окраин. Что-то мне подсказывает, что зря я не запер дом на десять замков... Ну да ничего, если что, того же Василича попрошу, он присмотрит.

Долетаю я как-то очень быстро, но едва успеваю выскочить из машины, как тут же попадаю в оборот — меня буквально за рукав хватает начальник оперативного отдела, затаскивая к Генералу. Это и кличка его, и звание, но вот тот факт, что меня буквально затаскивают к высокому начальству, не дав даже представиться по-человечески, удивляет. Настолько всё срочно, что ли?

— Без чинов, — жёстко командует товарищ генерал. — Покажи ему!

— Вам о чём-то говорит эта бумага? — интересуется начальник оперативного, вынимая из папки довольно старый документ и протягивая его мне.

Вчитавшись, я понимаю, что действительно говорит. Бумага, написанная готическим шрифтом, что сразу же указывает на её солидный возраст, говорит о тайнике с чудо-оружием серьёзной разрушительной силы. По описанию похоже на термоядерную бомбу, что странно, ведь будь у фрицев такое оружие… Понятно, что использовали бы.

— На туфту похоже, товарищ генерал, — честно отвечаю я. — Хотя обороты речи и характерные, но будь у фрицев что-то такое…

— Да, я тоже так подумал, — кивает генерал. — Но проверить нужно. Поэтому ты и проверишь, завтра… Нет, сегодня же вылетаешь в Швейцарию и занимаешься этим делом.

Вот тут я настораживаюсь. Детскую игру напоминает. Так дела не делаются, сначала происходит легендирование, затем тщательная подготовка, обеспечение и тому подобные радости. Подставить под слив хотят? Проверить, откуда течёт? В любом случае, это задание точно несерьёзное и выглядит совершенно нелепым… Но приказ есть приказ, его нужно выполнять… Впрочем, учитывая, куда меня направляют, варианты у меня есть, в том числе и те, о которых Контора и не догадывается.

Через пять минут сотрудникам Конторы удаётся поколебать мою уверенность, потому что лечу я под своей легендой — писателя, которого за правду невзлюбили. Так себе отмазка и сейчас уже не сработает, но вполне обосновывает мой прилёт и нежелание бывать на людях. Будем считать, что старшим товарищам виднее, и включимся в процесс подготовки. Всё же, почему такая срочность?

## ЛИЛИЯ НАЙДЁНОВА

Люди думают, что если ты жена «олигарха», то постоянно как сыр в масле катаешься, а ведь это не так. Как бы Серёжа себя ни называл, он был бандитом, бандитом и останется. А это не только взгляд на вещи, это сама суть, поэтому и ударить может, например. Помню, когда лет в шестнадцать пыталась взбрыкнуть, огребла по морде так, что левый нижний резец протезировать пришлось. Потом-то он, конечно, извиняется, но это же потом…

Предчувствие у меня сегодня нехорошее. Примерно такое же, как тогда, когда по нашей машине из автомата стреляли. Но сегодня мы вроде никуда не собираемся, а предчувствие такое, как будто смерти в глаза заглядываю, как тогда, в четырнадцать. Страшно становится…

Сергея нет, он то ли в том месте, которое называет работой, то ли с корешами где-то — не моего ума это дело. Вот почему-то убежать хочется так, как никогда в жизни, только куда я убегу? У меня нет ничего — ни специальности, ни работы, ни денег особо. У меня только липовый аттестат школьный, сертификаты с каких-то курсов по домоводству, и всё. Да и найдёт меня Серёжа, тогда мне точно небо с овчинку покажется. Нет, бежать мне некуда…

Но почему-то страх, как морской волной, накатывает, затопляя всё вокруг. Только бы не сильно пьяный вернулся. Когда Серёжа сильно пьяный, он либо тушка, либо бешеный зверь — и порвать может, по крайней мере, такое ощущение возникает. Есть шанс перенаправить его усилия — если раздеться, его встречая, тогда мысли пойдут в одном направлении, а *там* я всё равно почти ничего не чувствую, только распирание. А так — ни боли, ни удовольствия… Да и нет у меня тяги именно к такому удовольствию, даже попытка погладить себя вызывает, скорее, щекотку, как будто я всё ещё маленькая девчонка.

За открытым окном слышится звук мощного двигателя, резко оборвавшийся. Я выглядываю в окно и сразу же замечаю, что дело плохо — Серёжа мой не только пьян, он ещё и зол, значит, может сорваться от чего угодно. В любом случае, секс будет жёстким, он иначе в таком состоянии не умеет. Ну что ж, пусть будет платой за «сладкую жизнь». Бельё надо снять, а то разорвёт, жалко будет… Несмотря на то что денег на меня Сергей не жалеет, я не люблю расставаться с тем, что мне нравится, пусть даже это всего лишь трусы.

Дверь распахивается, я спешу навстречу своей судьбе, но, видимо, неправильно оцениваю состояние мужа. Он сейчас, скорее, разъярённый медведь. Увидев выражение его лица, я чувствую панику, отчего взвизгиваю и пытаюсь убежать. Это, пожалуй, ошибка — бежать в смысле. Сергей протягивает руку, ловя меня за волосы, я чувствую удар прямо в лоб, и сознание меркнет.

Открываю глаза я от боли, сразу же закричав. Обнаруживаю себя голой, с шеей, зажатой его ногами, а боль концентрируется сзади и на спине. От этого, казалось, давно забытого ощущения я в первый момент замираю, оборвав крик. Он меня — что? Как в детдоме? Но свист с последующим ударом обжигает спину и ягодицы, вышибая все мысли из моей головы. Больно так, как никогда, кажется, не было, поэтому я визжу, визжу, а он только сильнее от этого распаляется.

Я не знаю, сколько времени это длится, кажется — бесконечность. Но избиением дело не заканчивается. На смену хлёстким ударам приходит мучительно-разрывающая боль сзади, от которой моё сознание гаснет. Видимо, я отключаюсь надолго, потому что, когда я снова открываю глаза, этого зверя рядом нет. Болит всё тело, и очень сильно, отчего я просто реву, не в силах сдержаться.

Именно так Сергей никогда ещё со мной не поступал. Именно так не бил и не делал кое-что другое. Чуть успокоившись, я медленно поднимаюсь на дрожащие ноги, взвизгнув ещё раз от страха — я вижу, чем он меня. Толстый тяжёлый ремень, покрытый заклёпками, отсвечивает красным, значит, кожу он мне содрал, получается…

Медленно, держась за стены, я почти ползу в ванную, чтобы оценить, чем для меня закончилась ярость мужа. Раньше, когда он меня бил, это было всегда за дело, а сегодня совсем непонятно, почему. Ну и ремнём он меня ещё ни разу не бил… Странно, что я могу связно рассуждать, а не катаюсь в истерике.

Мне кажется, именно эта его беспричинная ярость что-то сломала во мне. Я рассматриваю себя в зеркале, понимая, что вот так на люди показываться нельзя — задница и часть спины с ногами очень качественно исполосованы, наливаются синяки, кое-где течёт кровь. Ну и из... тоже кровь видна... Надеюсь, он меня не разорвал, естество-то у него крупное, а пялил он меня по сухому... Наверное, я должна быть в истерике, но голова ясная, только ужас дремлет на дне сознания да паника время от времени пытается меня накрыть с головой, достаточно только представить, что так будет каждый день.

Открываю глаза. Я лежу на полу в ванной. Видимо, в обморок упала, только представив. Но нужно обработать те места, которые кровоточат, и синяки смазать мазью от ушибов... Хотя, мне кажется, что мазью от ушибов и синяков надо обмазывать всю Лилю. Закончив с процедурами, опускаюсь на колени, опираясь грудью о бортик джакузи, чтобы проплакаться.

Именно такое избиение, без формального даже повода, будит воспоминания о детдоме, весь страх и ужас ребёнка, оказавшегося не пойми где. Боль телесная перемешивается с болью душевной, отчего я уже почти вою, не в силах сдержаться. Да, судя по всему, этот зверь или спит, или ушёл уже... Лучше бы он, конечно, ушёл, потому что у меня желание только одно — куда-то убежать. Может, улететь куда-нибудь, отдохнуть, успокоиться?

Оценив себя ещё раз сзади, я понимаю, что Мальдивы отпадают — в таком виде в купальнике я буду вызывать жалость. А вызывать жалость я не люблю, просто очень не люблю. Нечего меня жалеть, лучше просто пристрелить, и всё. Но мысль куда-то слетать очень хорошая.

Я встаю на ноги, ещё всхлипывая, чтобы надеть на себя что-нибудь такое, что не сделает больнее. Ванная комната, огромная, как бассейн, качается перед глазами. Дверь, стоит мне потянуться к ней, резко распахивается, за ней обнаруживается злющий муж. Я даже сказать или сделать ничего не успеваю, на меня сходу обрушивается удар.

— Молчать! Спать мешаешь! — разъярённым зверем рычит Сергей, выписав сильную затрещину, от которой я куда-то улетаю… Кажется, я лечу бесконечно долго, пролетая сквозь какие-то строения, чтобы оказаться в аду. Я умираю?

# Глава третья

АЛЕКСАНДР ТИХОНРАВОВ

Как-то это всё дурно пахнет, по-моему. Или меня с кем-то перепутали, чего, по-моему, не бывает, или есть что-то, чего я не знаю, или я — это операция прикрытия. Хотя даже для прикрытия как-то слишком топорно. Я не могу понять, что происходит, ведь меня явно заторапливают. Но такого просто не бывает! Не бывает заданий типа «найди спрятанное шесть десятков лет назад, которое никто не нашёл, но срочно». Не бывает таких финансовых возможностей, потому что мне дают доступ к номерному счёту, а это совсем уже ни в какие ворота не лезет, потому что в Швейцарии я моментально стану светиться, как гирлянда на новогодней ёлке. Там живут отнюдь не дураки, мне ли не знать...

— Василич, присмотри за домом, — прошу я старика.
— Документы под доской в спальне.
— Ты понял, — кивает он. — Постарайся всё же остаться в живых.

От этого разговора меня прошибает пот. И так ничего не понимаю, а тут такие намёки. Значит, получается, меня отправляют «туда, не знаю куда», именно в варианте прикрытия? То есть задача — сдохнуть так, чтобы противник ни на миг не усомнился в том, что именно я выполняю основную задачу? Опять странно получается. Ну не бывает в Конторе так, разве что вытащить кого-то важного нужно или украсть...

Может ли такое быть? Будь дело при Союзе, сказал бы, что, скорее, украсть... Но вот сейчас уже нет строительства коммунизма, что такое важное и, главное, срочное могло произойти? Я полностью погружён в свои мысли, благо меня оставили разбираться с документами, и пытаюсь представить, что же такое могло случиться.

И вот тут среди документов я вдруг обнаруживаю газетную заметку. Это именно вырезка из газеты, причём американской. Трезво рассудив, что случайностей не бывает, я вглядываюсь в плохонько пропечатанный текст, что говорит о классе газеты. Жёлтая пресса есть жёлтая пресса. Заметка составлена в духе «мы все умрём» и повествует об астероиде, приближающемся к Земле.

Понятней ситуация не становится. Ну, допустим, астероид угрожает всему сущему, тогда же можно по нему ядерными отработать? Зачем искать не пойми что? Вот это и непонятно. В тот факт, что моё начальство психически нормальное, я верю даже очень хорошо, но что именно произошло?

И вот тут мне в голову забредает совершенно идиотская, на мой взгляд, идея. Если на минуту представить, что ситуация связана не со мной, а с отцом? Он в том числе имел дело и с «золотом партии». Времена у нас нынче бандитские, власть… хм… ладно, не будем об этом. Так вот, если представить, что некто захотел отжать себе это золото и зачищает всех, кто мог бы знать пароли… Тогда похоже на правду. Очень даже похоже, включая номерной счёт, вполне возможно, входящий в общую структуру.

Вот чего мои коллеги не знают, так это того, что счёт в швейцарском банке у меня есть, точнее, он папин, но я — законный наследник, и банк это признаёт, ибо репутация старейшего банка Швейцарии — штука серьёзная, и никто ею играть не будет даже ради сотни тысяч франков.

Значит, можно принять за рабочую версию следующее: разыскиваются и зачищаются все концы по «золоту КПСС», поэтому такая срочность — чтобы просто не успел подумать. Обидно, конечно, что меня так запросто слили, но и нервничать не стоит. Вряд ли киллер на той стороне хоть о чём-то догадывается, а возвращаться я не планирую.

О чём-то таком папа в своё время и думал, заставляя меня заучить номер ячейки, а учитывая, что тогда все воровали, то и получается, что часть золота прилипла к его рукам. Нет, я папу не осуждаю, делать мне больше нечего, только теперь его смерть мне совсем не кажется естественной, как, кстати, и мамина. Ну а раз так, то у меня есть кровник, и мне ещё предстоит его найти. Ла-а-а-адно…

Сформировав версию, я успокаиваюсь. Завалить самолёт, в котором я полечу, вряд ли кто решится, потому как и времена не те, и фигура я не того калибра. То есть мочить будут в Швейцарии. Ну, это если найдут, конечно, я-то постараюсь исчезнуть максимально быстро. Затейники какие… И статью даже подсунули, только я долгое время жил на Западе и знаю, что доверять жёлтой прессе — это себя не уважать.

— Готов? — интересуется так легко слившее меня начальство.

— Так точно, — отвечаю я, хотя хочется его пристрелить, но я понимаю бесперспективность этого действия — не его идея, он, скорее всего, тоже приказ выполняет.

— Отлично, — улыбается начальник, протягивая мне руку. — Тогда двигай в Шереметьево.

— Уже? — не могу я сдержать удивления. Как-то слишком даже быстро на мой взгляд.

— Твой борт через три часа, — объясняет мне собеседник, в глазах которого только лёгкое злорадство. Интересно, а ему-то что я сделал? — Как раз успеешь.

Получается, что времени на раздумья нет. Поэтому я киваю и топаю к машине. Мой «тревожный» чемоданчик всегда в багажнике, потому что так папа приучил. Получается, знал он, что однажды мне и эта наука пригодится. Ладно… Рано или поздно посчитаемся. С этой мыслью я и сажусь за руль, чтобы отправиться в дорогу. Получается, это моя последняя поездка на папиной машине и, если не повезёт, то увижусь вскоре с мамой и папой. Тоже неплохо, в конце концов…

Шереметьево совсем не изменилось, поэтому я ставлю машину на специальную стоянку, после чего спокойно иду, помахивая чемоданчиком, в сторону регистрационных стоек. Регистрация, контроль безопасности, перекурить… Я редко курю, это, скорее, баловство, но вот сейчас мне просто нужно, ведь я навсегда покидаю родину. В Россию я больше не вернусь, мне это понятно даже слишком хорошо, ведь тут меня «зачистить» намного проще. Кстати, а почему не убили здесь?

Кажется, я понимаю, почему — я должен пройти какую-то проверку при обращении к номерному счёту, что его разблокирует. Неужели папа так подстраховался? В принципе, мог, ведь возвращались мы из Европы в восемьдесят девятом, когда страну уже шатало и грозило разнести по кочкам. То есть, пока я этого не сделал, убивать меня нельзя. Вот это уже похоже на правду, даже очень. Ладно, в эти игры можно играть вдвоём, а я, благодаря папе, не тупой баран, не знающий, что такое Курбан-байрам. Так что…

Контроль документов вопросов не вызывает, виза — «лучше настоящей», потому что длинносрочная, документы подлинные, я спокоен, так что мне отдают паспорт, пожелав счастливого полёта. Ну, думаю, в полёте ничего и не случится. Вот что интересно: а бумага Аненербе настоящая? Наверное, да, смысла-то её подделывать…

## ЛИЛИЯ НАЙДЁНОВА

По-моему, муж сошёл с ума, или же кореша подлили ему что-то странное. Эти сутки были самыми страшными за всю мою жизнь. Дело даже не в том, что он меня ещё раз избил, отходив проводом за то, что я как-то не так, по его мнению, стонала, но ведь он весь день и практически всю ночь с меня не слезал! Ни поесть не давал, ни помыться, ни, пардон, в туалет сходить! И всё это с рыком, с яростью…

Утро я встречаю в ванной, где просто заперлась от ставшего очень страшным Сергея. Осмотрев себя в зеркале, понимаю, что выгляжу как жертва насилия, да и от тигра мало отличаюсь — в смысле такая же полосатая. А ещё я очень боюсь Сергея. Очень-очень. Желание убежать и спрятаться просто невыразимое, поэтому я и запираюсь в ванной. Ну и смыть с себя всё нужно. И поплакать ещё.

Что мне делать? Я такого не переживу, абсолютно точно. Я и сейчас-то не уверена, хочу ли жить. Одно дело — ноги раздвинуть, когда ему надо, а совсем другое — вот так. Не сдержав мучительный рвотный позыв, склоняюсь над унитазом. Надеюсь, я хотя бы не забеременею, никакому малышу видеть, что *такое* делают с мамой, я не пожелаю. Может, убежать? Так найдёт же! Или же просто сдохну под забором, потому что никому я не нужна. Красивая девка, и только. Украшение панели, тьфу!

Через дверь слышу, как звенит его пейджер. Спустя несколько минут до меня доносится забористый мат. Входная дверь хлопает, и я понимаю — он ушёл. У меня есть передышка для того, чтобы подумать. Чтобы вдохнуть, выдохнуть и поплакать. Раз он ушёл, то бить за слёзы, как давеча, никто не будет.

Осторожно выползаю из ванной, понимая, что двигаться могу очень ограниченно. Но нужно хоть чего-нибудь поесть, а там и подумать можно. Мне очень надо подумать, что делать, потому что второй раз я такой марафон боли просто не переживу. Мне и сейчас-то жить не хочется, хотя и нельзя о таком думать. Но так — точно нельзя. Дело не в том даже, что я так не хочу жить, а в том, что Серёжу я теперь боюсь.

Зайдя в кухню, вижу забытый мужем пейджер. Интересно, что его так возбудило? Заглянув в последние сообщения, я перечитываю написанное трижды, затем роняю прибор и опускаюсь на пол, чтобы поплакать. Да, теперь я понимаю, почему он так озверел... «Серый, Лильку после возбудителя в водке не затрахал?» — гласит короткое сообщение. Вот чего он так озверел, оказывается...

Хорошо известный, кстати, факт — нельзя афродизиаки алкоголем запивать. Когда у Серёжи проблемы были такие, что и не вставало, я внимательно этот вопрос изучила. Спиртное вместе с возбудителем вызвало у него реакцию не только возбуждения, но и бешенства. Значит, он помчался мстить, а потом извиняться приедет. Вот только готова ли я принять извинения от того, кто сутки показывал мне лик бешеного зверя? Кажется, во мне что-то сломалось, потому что я просто ничего не хочу, даже аппетит куда-то подевался, сменившись сильной тошнотой. И боль...

Разливающаяся по всему телу боль не позволяет даже думать, она тянет, печёт, горит, отчего ни встать, ни сесть. Если Сергей продолжит сегодня, я просто или сойду с ума, или окончательно сломаюсь, или не выживу. Но смерть надо заслужить ещё, мне в детдоме это очень хорошо объяснили, поэтому «лёгкого» выхода для меня точно не будет. Вспоминаю, что муж выкрикивал, кроме мата, когда меня бил. Я особо-то и не воспринимала ничего от боли и паники, но «малолетняя шалава» услышала. Значит, он в своём воспалённом мозгу воспринимал меня маленькой?

Я боюсь Сергея, просто боюсь теперь. Получается, мне ещё повезло, что он не тронул меня в пятнадцать... Почему меня так тошнит? Да и постоянное ощущение, что сейчас в обморок упаду, тоже преследует. Пойду я лучше полежу, всяко лучше будет, потому что есть сейчас я не смогу — тошнит как-то очень сильно. И страшно тоже, просто до ужаса, потому что я понимаю — однажды муж меня убьёт, просто забьёт насмерть, и больше Лили не будет. Не люблю своё имя, мне его тоже в детдоме дали, потому что своего я не знала. И имя, и фамилия, и одежда — у меня своего, по-настоящему своего ничего нет, всё мне дали, а сама я ни на что не способна. Вот муж, наверное, скоро убьёт.

Я падаю на кровать, ощущая какую-то странную слабость. Кажется, я на несколько мгновений даже теряю сознание, потому что в следующий миг чувствую прикосновение. Я знаю, что это Сергей, поэтому от страха сжимаюсь, как в том детстве, что помню. Я сжимаюсь, уже готовая умолять о пощаде и совершенно неготовая открывать глаза.

— Прости... — слышу я его голос.

Он что же, считает, что после всего, что сделал со мной, этого самого «прости» достаточно? Но хорошо зная взрывной нрав Сергея, я медленно открываю глаза, надеясь только на то, что мой взгляд не будет слишком затравленным. Муж выглядит каким-то потерянным, он смотрит на дело рук своих, ведь одеться я так и не успела, и рассказывает о «шутке» его «корефанов», ну, то есть «партнёров по бизнесу». Они, разумеется, не знали о том, какой эффект может быть достигнут, как не знал и муж, поэтому сейчас он шокирован.

— А давай поедем куда-нибудь? — предлагает мне Сергей. — Вот куда ты хочешь?

— В Швейцарию, — предлагаю ему, потому что вариант Мальдив сейчас и не рассматривается, а вот горнолыжный курорт — как раз, ну и не посмеет он меня там бить, потому что швейцарцам наплевать, сколько у тебя денег, они за такое дело очень больно могут наказать, поэтому я буду хоть немного защищённой.

— Хорошо, — сразу же соглашается он. — Вот прямо завтра и поедем, согласна?

— А давай сегодня? — спрашиваю его с затаённой надеждой.

Вижу, задумался, а мне просто страшно. Я боюсь оставаться с ним наедине, боюсь, что он опять начнёт, а там… В отеле, если что, меня спасут, я точно это знаю, потому что швейцарцы отличаются от других. Именно поэтому я хочу поехать в Швейцарию. Хоть призрачная, но защита, а что будет потом, мне неважно, как будто для меня не будет больше никакого «потом».

Всё-таки сломал что-то во мне мой Серёжа… И в теле сломал, и в душе, в которой теперь живёт страх. Просто страх и больше ничего, как будто Лиля закончилась, пропала, растворившись в своей боли. Сил нет ни на что, меня накрывает волна слабости, за ней приходит волна дрожи, да такой, что кровать ходуном ходит. Хочется обратиться к Богу, вот только он меня вряд ли услышит… Кому я нужна…

# Глава четвёртая

## АЛЕКСАНДР ТИХОНРАВОВ

Аэропорт за пятнадцать лет, конечно, изменился, но несильно, поэтому я вполне представляю, куда идти. Несмотря на то что «хвоста» не вижу, уверен — он есть в том или ином виде. Пока иду, пытаюсь поставить себя на место тех, кто послал меня сюда. По идее, в первую очередь человек должен озаботиться деньгами, поэтому я меняю доллары на франки в первом же обменнике, который здесь называется филиалом банка. Получив довольно крупные разноцветные банкноты, двигаюсь дальше к кассе.

Предполагается, видимо, что я сразу же рвану в Цюрих, к банку, но я поступаю иначе. Мне действительно нужны деньги, но и документы тоже, а вот документы находятся в ячейке банка в Берне, что логично — там же наше посольство было. Поэтому мне нужны не электрички, а поезда, в которых я, разумеется, разбираюсь.

Я иду спокойным шагом, ничем не привлекая внимания, и к кассе подхожу, смешавшись с толпой. Расписание сообщает, что через двадцать минут у нас будет скоростной на Берн, что мне очень даже подходит, потому что в Цюрихе он тоже останавливается — если «хвост» есть, он подумает, что я просто шикую. Да, я подстраховываюсь, потому что лучше быть параноиком, чем трупом, так папа говорил, и я целиком с этим утверждением согласен.

— Пожалуйста, билет до Берна на двадцать седьмой, — по-немецки с характерным бернским выговором прошу я улыбнувшуюся мне девушку за стеклом. — Первый класс, — уточняю я.

— Конечно, — кивает она, что-то быстро отщёлкав у себя там. — С вас пятьдесят два франка.

— Прошу вас, — протягиваю я сотенную купюру, чтобы быстро получить билет и сдачу.

Что люблю здесь — минимум слов, максимум дела. Две минуты — и билет у меня, можно двигаться к платформам. Куда поеду из Берна, я сам ещё не знаю, но это и хорошо. Быстрый взгляд на табло подсказывает мне, на какую платформу идти… Вот, кстати, и лифт.

Чем удобен лифт — возможных соглядатаев отсекает, а попутчиков позволяет запомнить. Но, как ни странно, на войне я себя не чувствую, скорее, в отпуске. Несмотря на все выкладки, на явно нависшую опасность, на душе как-то спокойно. Возможно, это из-за детских воспоминаний, всё-таки в Швейцарии мы прожили дольше всего.

Вот и мой поезд. Я спокойно двигаюсь к первым вагонам, внимательно посматривая по сторонам. Странно, но похоже, «хвоста» нет. Очень интересно, но, возможно, и правильно — зачем давить? Никуда я отсюда всё равно не денусь — ну, по мнению Конторы, хотя и непонятно, ведь история моей семьи тайной не является, логично предположить, что я ещё как могу деться в стране, где мне многое известно. Может, за лоха держат?

Поезд напоминает самолёт без крыльев, заставляя улыбаться, вагон первого класса довольно просторный, я отправляюсь в сторону кресел для курящих. Это позволит мне подумать, во-первых, отбить запахи, во-вторых, ну и пропахнуть дорогим табаком, в-третьих. Вряд ли в банке меня будут обнюхивать, но запах запомнят, а логика простая: если запах табака — значит, курит. И вот это тоже само по себе может быть неплохой маскировкой.

Медленно, будто нехотя, поезд начинает движение. Его бело-серые поверхности смотрятся довольно-таки современно, но вместе с тем ещё и монументально. За окном тянется стена туннеля, сменившись затем травой и деревьями. Поезд у нас скоростной, что значит практическую невозможность что-либо рассмотреть за окном — просто пятна зелени, серого асфальта и разноцветных домов.

У меня же выдаётся время подумать. Снова мне кажется всё происходящее нереальным, как будто я себе придумал сюжет для своей же книги. Но не могли же в Конторе провернуть такую малодостоверную операцию только для того, чтобы заставить меня жить в Швейцарии? Так просто не делается, поэтому работаем в пределах продуманной версии. Если я ошибаюсь, то ничего страшного в этом нет.

За окном пролетают деревья, где-то вдалеке встают горы, к которым я ещё вернусь, а мне совершенно не хочется думать. Вот сейчас приеду, возьму с вокзала такси, главное, адрес посольства по привычке не назвать, и отправлюсь в банк. Надо разобраться со счётом, вытянуть документы из ячейки, затем уже разбираться и где жить, и как это всё будет выглядеть в результате.

Вот уже состав сбавляет ход, это очень хорошо чувствуется. Я начинаю различать людей за окном, автомобили на шоссе рядом с железной дорогой, какие-то строения. Взгляд цепляется за знакомый дом, вот ещё один… Да, я в Берне. Узнавание пробегает по телу тёплой волной, будто домой вернулся. Только вот нет у меня здесь дома, а на Родине, похоже, мне не сильно рады.

Я выхожу из вагона, помахивая чемоданчиком. Где здесь стоянка такси, я хорошо помню, поэтому уверенно двигаюсь в нужном направлении. Документы у меня интересные, потому что я здесь родился. Так получилось, что родился я именно в больнице Берна, а не посольской, которой тогда не было, поэтому, несмотря на то что в наших документах местом моего рождения записана Москва, как это было принято, в швейцарских, сделанных папой, стоят совсем другие сведения. Если законы изменились несильно — а в Швейцарии они не меняются веками — то шанс на гражданство у меня есть. А это очень хорошая новость.

— Кредит Свисс[1], центральный, — командую я таксисту, едва лишь усевшись на заднее сиденье.

— Десять минут, — улыбается моему бернскому диалекту говорящий точно так же водитель.

Десятиминутная поездка приносит мне тонну информации об изменениях, произошедших в столице. В основном изменения политические, поэтому мне они не сильно важны сейчас, но вот под конец звучит информация о гигантском метеорите, приближающемся к Земле. Это уже не американская жёлтая пресса, тут, пожалуй, всё серьёзнее может быть.

Решив подумать об этом позже, я расплачиваюсь у таксомотора, затормозившего возле старинного на вид особняка — второго по возрасту банка страны. Ну, что же, наступает момент истины, по крайней мере, мне так кажется.

А вот отсюда я, наверное, двину в сторону гор. Раз информация об астероиде может оказаться правдой, то в любом случае лучше держаться поближе к крупным убежищам. Швейцария в этом смысле очень специфическая страна — здесь в каждом доме есть противоатомные убежища, ну и внутри гор, разумеется, тоже, поэтому держаться поближе к ним, по-моему, вполне логично.

## ЛИЛИЯ НАЙДЁНОВА

Вроде бы уговорила... Муж уходит куда-то звонить, я же отправляюсь обратно в ванную. Во-первых, надо одеться, во-вторых, намазаться кремом и ещё раз осмотреть себя. Голова кружится неимоверно, от страха временами даже дрожать начинаю, ну и больно ещё… Боль из моего детдомовского детства вернулась ко мне совершенно неожиданно, меня буквально расплющив. Да и то, в детдоме так жестоко не наказывали вроде бы, по крайней мере, я этого не помню.

Как я ходить буду — просто не представляю, но и оставаться здесь страшно до паники. Едва захожу в туалет, как меня буквально выворачивает приступом мучительной рвоты, хотя вроде бы и нечем уже. Поэтому обнаруживаю себя на коленях возле унитаза. Рот мою над биде, мне уже неважно. После рвоты мне становится легче, теперь можно встать и осмотреться.

Промежность — сплошной синяк, сзади вид вообще страшный, как из застенков каких-нибудь. Беру верный «Спасатель»[2] — кто бы знал, что он мне понадобится? — и начинаю наносить на себя мазь. Она ещё и боль снимает… Через некоторое время наступает облегчение, от которого руки и ноги начинает колоть иголочками — это признак приближающегося обморока, с которым я хоть и с трудом, но справляюсь.

Очень хочется плакать, но я держусь. Надо держаться, не время для плача, вчера мне Сергей очень хорошо показал, что бывает за плач, поэтому я давлю в себе слёзы. Вот окажусь в безопасности, тогда поплачу в своё удовольствие, а сейчас ещё не время… С разбитой мордой на паспортный контроль не пустят. Кстати, странно, но лицо уцелело, значит, муж бил так, чтобы видимых синяков не оставить. Я его боюсь…

Надеваю плотные штаны, хотя так больней, но безопасней — никто не увидит результат мужниной «любви», ну и блузку с длинным рукавом, после чего выхожу из ванной. Сергей смотрит на то, как я двигаюсь, хмурясь, что меня пугает. Я чуть было не возвращаюсь обратно, но удерживаю себя в руках. Ну, что же, надеюсь, он доволен.

На самом деле, бояться мне есть чего. Несмотря на то что я уже знаю — не его вина была в том, что он так озверел, но ведь вёл он себя, именно как дикий зверь, а не человек, значит, и невиновным его не назовёшь… Впрочем, для меня это совсем не сюрприз, просто я, видимо, совсем не ожидала, что он на такое по отношению ко мне способен. Ну вот, теперь знаю, способен. Я довольна?

— Я заказал билеты, — сообщает мне Сергей. — Полетим через два часа, собирайся быстро!

— Бегу! — выкрикиваю я, устремляясь к лестнице.

Откуда только силы берутся! Я почти бегу в свою комнату, игнорируя боль, вне себя от счастья. Как мало мне, оказывается, для счастья надо, всего только хоть какой-то безопасности. Очень страшно мне оставаться с мужем наедине, просто очень.

Через десять минут я готова, в руке у меня чемодан, в который я покидала вещи, не глядя. А ещё в нём есть кредитка, она моя собственная. Там утащенные у мужа деньги на чёрный день. Ну, как утащенные… Он же не считает, когда даёт, а я трачу экономно, а остаточки — на карточку. И хотя Сергей не требует отчёта, я всё равно считаю, что получила эти деньги не самым честным путём.

Усевшись в его «Паджеро»[3], стараюсь максимально расслабиться и не вздрагивать, когда меня касается рука мужа. Сергей сегодня непривычно молчаливый, какой-то напряжённый, что ли. Он не разговаривает, просто ведёт машину, при этом, кажется, старается вести аккуратнее, что у него не особо получается — на ухабах машина подскакивает, что отдаётся во всём моём теле болью, просто до слёз, но я не плачу, мне просто нельзя, этот опыт повторять я точно не спешу.

Одной рукой Сергей залезает в нагрудный карман, затем бросает мне на колени карточку. На золотой кредитной карте какого-то иностранного банка — моё имя, значит, счёт оформлен на меня. Я не понимаю, что это значит, но муж тут же объясняет:

— Там полста тысяч баксов[4], — сообщает он мне. — Предчувствие какое-то нехорошее. Если со мной что, хоть на первое время хватит.

— Спасибо... — ошарашенно произношу я, лишь затем сообразив, что он так извиняется.

Не умеет Серёжа иначе извиняться, бандит есть бандит, как его ни назови — всё деньгами мерит. Но всё равно это мне какая-то гарантия на случай чего. Я его многословно благодарю, даже тянусь поцеловать, хотя противно. Я очень хорошо сейчас осознаю: мне противно его целовать, прикасаться, да и вообще терпеть рядом. Это открытие меня пугает, потому что мужем-то он моим остаётся по-прежнему.

Но долго раздумывать у меня не выходит, автомобиль с визгом покрышек останавливается на парковке аэропорта Шереметьево, и в следующее мгновение муж волочёт меня к стойке регистрации. Выглядит это именно волочением, я едва успеваю переставлять ноги, но, тем не менее, несколько минут — и мы уже регистрируемся на рейс. Неужели через несколько часов я окажусь в безопасности?

Это происходит в очереди на контроль полётной безопасности. У Сергея истошно звонит мобильный телефон — новомодная «Nokia 3650» с круговым расположением кнопок и цветным экраном. Муж выдаёт матерную тираду, правда, небольшую, хватает трубку[5] из чехла и вступает в разговор. Меня окатывает волной паники — неужели сейчас всё сорвётся?!

— Сейчас буду! — зло бросает Сергей, а у меня

внутри всё будто обрывается, все мои надежды на безопасность рушатся, подобно американским башням-близнецам.

— Возвращаемся? — упавшим голосом спрашиваю я, готовая уже заплакать, и будь что будет.

— Стоп! — муж несколько мгновений раздумывает, затем отдаёт мне мой паспорт с посадочным талоном, открывает барсетку и буквально всучивает свою платиновую кредитную карту. — Лети сама, заселяйся и жди меня, — жёстко командует он. — Платишь с этой карты, поняла? Она безлимитная!

— Одна? — поражаюсь я, но Сергей, даже не попрощавшись, уже срывается с места.

И тут подходит моя очередь, я прохожу сквозь рамку и плачу, не в силах успокоиться, забираю куртку и документы, а слёзы градом катятся по моим щекам. Судьба внезапно сделала мне огромный подарок, просто невозможный — я лечу одна, без Сергея, без этого зверя в человеческом обличье, без этого монстра. Я… свободна?

В каком-то полуобморочном состоянии я прохожу на посадку в самолёт... Вот и взлёт, во время которого боль с новой силой проходится по моему позвоночнику. Но я свободна, я чувствую это! Сергей остаётся в Москве, а я… я уже не там и, наверное, могу убежать, куда угодно, так что этот зверь меня больше не найдёт… Это, конечно, мечты, но у меня есть сейчас деньги, значит, теоретически я могу убежать. А хочу ли я убежать?

Очень… Я очень хочу оказаться там, где нет моего мужа, где вообще нет людей, желательно совсем.

# Глава пятая

АЛЕКСАНДР ТИХОНРАВОВ

Визит в ничуть не изменившееся со времени моего последнего посещения центральное отделение банка можно охарактеризовать одной фразой: никаких сюрпризов. Правильно отреагировав на код, сотрудник банка отводит меня в хранилище, где достаёт из ячейки продолговатый ящик. Я открываю его, вынимаю папку с документами и отдельно лежащее завещание отца, которое тут же протягиваю сопровождающему меня клерку.

— Это завещание отца, погибшего в России, — объясняю я. — Он предполагал, что возвращение на Родину будет сложным.

— Очень хорошо, — невозмутимо кивает сотрудник банка. — Мы сразу же оформим ваш новый счёт. Ещё что-нибудь?

— Вот тут мои бумаги, — показываю я папку. — Я

родился здесь и хочу жить тут в дальнейшем. Что для этого надо сделать?

— Обратиться в мэрию, — улыбается он, кивая, моё желание для него так же естественно, как и восход солнца. — Добро пожаловать домой!

С помощью банка я довольно быстро оформляю документы, с некоторым удивлением узнав, что папа купил и дом, оформив его очень хитрым способом — непосредственно на банк и включив в завещание. Недвижимость в Швейцарии — это дорого, а учитывая, что дом находится в районе горнолыжных курортов, так и вдвойне. Но место уединённое — как раз, чтобы спрятаться ото всех. Папа как знал! Учитывая стоимость этого приобретения, он точно наложил лапу на золото партии. Получается, его действительно убили, других вариантов нет.

Счёт довольно быстро переоформляют на моё имя, сумма на нём довольно приятная, поэтому пока ни в чём нуждаться точно не буду. Ну а потом — будет потом. Сейчас мне нужно ехать в городок, к которому относится теперь уже моё владение, зарегистрироваться в мэрии и подать документы на гражданство. Дело это было бы непростым, но я родился в Швейцарии, был увезён из неё до возраста принятия решений, то есть, по местным законам, в том, что я жил не здесь, моей вины нет.

Поблагодарив сотрудников банка, получив на руки чековую книжку, прошу вызвать мне такси. Это довольно обычная практика в Швейцарии, а тут я ещё и «богатенький Буратино», получается, то есть мне навстречу пойдут. Нужно будет ещё о водительских правах позаботиться и о колёсах, благо это вообще не проблема — обменяют мои российские, и всё. Значит... хм... А что это значит?

Значит, можно ехать обратно, то есть поездом в окрестность Церматта, а городок, к которому относится мой отдельно стоящий дом, зовётся Тэш. Но мне всё равно в Церматт сначала — все чиновники там обретаются. А вот и такси, сейчас буду опять трындеть с водителем, а пока подумаю.

Моя основная задача — хорошо спрятаться и посмотреть, что может быть спрятано в центральном туристическом месте Швейцарии. По-моему, это не смешно, но посмотреть надо, интересно всё-таки. Что это значит для меня? Сначала временные документы, потом постоянные, получить права, купить машину и раз в неделю ездить за продуктами. Логично? Логично. То есть план у меня есть, проблем я не вижу, основные языки Швейцарии знаю, а из-за того, что дом отдельно стоящий, ещё и разрешение на оружие можно получить. Кстати, если я хоть немного знаю характер своего папы, то оружие там есть.

Таксомотор высаживает меня у вокзала, куда я спокойно вхожу. Мой чемодан со мной, он небольшой и внимания не привлекает, а я смотрю расписание. Поездов два, но я поеду на скоростном, через Цюрихский аэропорт, заодно посмотрю на наличие или отсутствие суеты. То есть ищут ли меня уже или ещё пока нет. Билет беру в первый класс, чтобы иметь возможность подумать, да и не люблю я толчею. Пока у меня всё получается, даже странно.

Или от меня не ожидали такой прыти, или ситуацию я оцениваю неправильно, но в целом это не меняет ничего. Спокойно топаю в направлении платформы, никто не проявляет ко мне никакого интереса, выгляжу я уверенно, поэтому даже полиция смотрит сквозь меня. Интересно, что на самом деле происходит? Впрочем, рано или поздно узнаю, конечно, а если и нет, то невелика потеря.

Вот и поезд подают, тут у него конечная, поэтому я спокойно захожу, нахожу своё место в купе для курящих. Сейчас и мне, пожалуй, закурить не помешает. Ощущение странное, но внутри покой, то есть предчувствия не беспокоят. Достаю сигарету… Это, конечно, неправильно — курить, даже очень неправильно, но мне сейчас просто надо, поэтому затягиваюсь ядовитым дымом. Состав табачного дыма я знаю, но мне на это сейчас плевать, раньше или позже я, конечно, перестану курить, учитывая особенно, что в Швейцарии это дорого, но пока…

Тронулись… Мягко разгоняющийся поезд слегка вжимает меня в спинку кресла. Я же смолю сигарету и размышляю, пробегая ещё раз по пунктам намеченного плана. Вроде бы всё продумано и логично, можно и расслабиться чуть-чуть, пока летим к Цюриху. Точнее, к Клоттену, потому что аэропорт находится именно в этом пригороде банковой столицы.

Просыпаюсь я именно в момент остановки поезда в аэропорту. Протерев лицо руками, чтобы прогнать сонную одурь, вглядываюсь в окно. Обычная суета, никто внимательно вагоны не разглядывает, вообще ничто не говорит о том, что что-то не так. Значит, меня пока ещё не ищут, уже хорошая новость, ибо даёт время.

Взгляд цепляется за фигурку девушки, устремившейся к вагону. Что-то с ней не так, не могу даже сразу сказать, что именно. Тонкая хрупкая фигурка неловко лезет в поезд, и я теряю её из виду. Что-то привлекло моё внимание, но что? Долго раздумывать не получается, потому что дверь раскрывается, и в моё «курящее» купе входит именно эта незнакомка. Зыркнув на меня исподлобья, она смотрит в билет, потом на меня, а затем усаживается в дальний от меня угол. Не здоровается, что характерно, в глазах — страх, да и ведёт себя странно. Швейцарки так себя не ведут, да и туристы тоже.

Очень молодая, лет двадцати, девушка напоминает взъерошенного котёнка, откровенно меня пугается, а сидит напряжённо, как будто само сиденье доставляет ей неудобство. Я посматриваю на неё так, чтобы мой интерес не был очень уж заметен, и отмечаю характерные признаки. Насиловали, что ли? Видел я уже подобное на Балканах… И, видимо, ещё и избили? Очень уж неуверенно сидит, но себя в руках держит, что по слегка прикушенной губе заметно. Странно…

Поезд начинает движение, дёрнувшись, отчего девушка едва слышно всхлипывает. Это совсем нехорошо, просто очень. Не нравится мне то, что я вижу. Вопрос только — не ловушка ли это для меня?

## ЛИЛИЯ НАЙДЁНОВА

Весь полёт я чувствую себя как на иголках, то есть как будто в меня воткнули иглы и медленно их разогревают, но я держусь. Мне нужно добраться до гостиницы, упасть на кровать и не шевелиться хоть немного. Больно, очень больно, просто сил нет терпеть. Такое ощущение, что Сергей не только избил, но ещё и ссадины солью присыпал… Но это вряд ли, конечно, просто наложилось всё, вот мне и больно…

Посадку я встречаю с радостью. Что делать дальше, я знаю — нужно подойти к кассе, на которой так и написано, протянуть карточку мужа и сказать: «Церматт», дальше они сами всё сделают. Но сначала мне надо выйти из самолёта, пройти паспортный контроль и найти эту самую кассу, а вот двигаться мне опять очень больно.

Тем не менее выбора у меня нет, поэтому я медленно двигаюсь на контроль, по дороге забрав с багажной ленты свой розовый чемодан. Он удобный, на колёсиках, с выдвижной ручкой, на которую можно опереться, что я сейчас и делаю. Голова кружится и тошнит. В самолёте меня разок вырвало, к счастью, рядом была стюардесса. Она же помогает мне добраться до паспортного контроля.

Английский у меня не очень хороший, хотя я дважды прошла курсы, но то ли учат у нас так себе, то ли я не очень способная. В любом случае понимаю я с пятого на десятое, но то, что говорит стюардесса швейцарского самолёта, до меня доходит: «Она беременна». Опротестовывать не буду, мнимая беременность как нельзя лучше объясняет и бледность мою, и тошноту. Именно поэтому паспортный контроль я прохожу быстро, затем добрая девушка передаёт меня своей коллеге, а я радуюсь тому, что это не мужчина. Вот именно новая женщина и доводит меня до касс, как-то незаметно страхуя и позволяя присаживаться на скамейки, хоть это и больно.

Билет я получаю, не очень хорошо соображая, что и кому говорю, поэтому стараюсь сосредоточиться только на номере поезда и места. Кредитку мне возвращают, я её прячу в карман, двинувшись в сторону туалета. Нужно осмотреться, не пошла ли где кровь, потому что очень уж больно, просто ноги подгибаются. Вот будет номер, если я здесь упаду. Нельзя! Нельзя падать, нужно добраться до гостиницы!

Туалеты здесь чистые, зеркало в кабинке есть, оно мне и сообщает, что кровь, конечно, не пошла, но на этом хорошие новости и заканчиваются. Доеду ли я до гостиницы — тот ещё вопрос, не упаду ли по дороге? Судя по ощущениям, балансирую на грани потери сознания, что, конечно же, радовать не может. Сажусь на унитаз, понимая, что в туалет ходить мне тоже больно. Проверяю затем — крови нет. Ну, раз нет, то пока и не буду думать об этом. Надо идти.

Надо… И я иду. Медленно переставляя ноги добираюсь до лифта, который отвозит меня куда-то вниз. Выйдя, вижу платформу и подходящий поезд. Голова начинает кружиться сильнее, но я держусь. В поезде, наверное, можно будет хоть немного расслабиться, а сейчас просто-напросто нельзя. Нужно терпеть, терпеть!

Остановившийся поезд открывает двери, я же нахожу нужный мне вагон и захожу внутрь. Ещё немного осталось, совсем чуть-чуть — добраться до купе и сесть… Но, видимо, судьба желает меня испытать — внутри мужчина. С интересом глядящий на меня мужчина лет двадцати пяти-тридцати, то есть такой, как мне нравится. Но вот мне от его вида становится просто страшно, поэтому я отсаживаюсь подальше, и всё равно, чьё это за место.

Теперь нужно попытаться расслабиться, чтобы было не так больно. Но расслабиться не получается — в купе мужчина. Приятной наружности, волосы светлые и едва заметно тронуты сединой, глаза голубые, а вот лицо немного вытянутое. Скорее, на немца похож, ну немца я, наверное, не заинтересую, поэтому достаю пачку длинных тонких сигарет, чтобы перекурить.

Может быть, сигарета поможет расслабиться, и не так страшно будет. Поезд трогается, отчего я, не удержавшись, всхлипываю, но сознание, к счастью, не теряю. Надо закурить, тогда не упаду в обморок, надеюсь. Странно, что от запаха дыма не тошнит, хотя, по идее, должно. Значит, меня выворачивает от чего-то другого, понять бы, от чего...

Дверь купе открывается, входит человек в униформе, что-то говорит, а я его просто не понимаю. В ушах стоит звон, как комар пищит, отсекая все звуки, я же ощущаю нарастающую панику, потому что представляю, как этот, в униформе, на меня сейчас набросится, как будет рвать с меня джинсы, желая добраться до того места, куда они все стремятся. Перед глазами всё темнеет, и я...

...Прихожу в себя. Я лежу на спине, мужчина в униформе разглядывает мой билет, о чём-то спрашивая моего соседа, по-видимому, и уложившего меня на спину. Боль при этом не такая сильная, какой должна быть, поэтому терпеть можно. Хочется завизжать и убежать, но я этого просто не могу сделать — меня накрывает слабость и какая-то странная апатия.

— По-немецки совсем не говоришь? — интересуется у меня сосед по купе, только что о чём-то говоривший с сотрудником не пойми чего. Интересуется он по-русски, что характерно.

— Нет... английский... чуть-чуть... — в несколько этапов отвечаю ему, сразу же испугавшись того, что почти не могу разговаривать.

— Тише, тише, в обморок не надо, — как-то очень

мягко похлопывает он меня по щеке. — Тебе в Церматт же?

— Д-да... Г-гостиница... — заикаясь, отвечаю я, пытаясь понять, почему не падаю в обморок и не блюю от того, что он ко мне прикасается.

— Меня зовут Александр, — представляется непрошеный помощник. — Я помогу тебе добраться до гостиницы, а пока полежи, я сказал контролёру, что ты беременная.

Смешно, что каждый считает меня именно беременной, как будто других проблем на свете нет. Но это, пожалуй, хорошо. Ещё что интересно — Александр сразу же перешёл со мной на «ты», хотя я такого разрешения и не давала. Впрочем, сейчас мне настолько плохо, что уже и не важно. А мужчина рассматривает меня и вдруг спрашивает:

— Очень больно? — в его глазах нет издёвки, только сочувствие.

Хочется послать его подальше, сказать заткнуться и не лезть, но тут я думаю: «А какого черта?» и решаю, что помощь следует принять, хоть какую. Если захочет в ответ «сладенького», то мне уже, наверное, после всего, что со мной сделал Сергей, всё равно. Поэтому я медленно киваю.

— Я сделаю тебе укол, — предлагает Александр. — Сквозь одежду, ты и не почувствуешь ничего, зато болеть будет меньше. Согласна?

И тут со мной что-то происходит. В его голосе доброта какая-то, забота, сочувствие, которого я никогда не знала. Что со мной, я плачу?

# Глава шестая

**АЛЕКСАНДР ТИХОНРАВОВ**

Как девчонка до поезда умудрилась добраться — вообще непонятно, но контролёра она не поняла, жутко его испугавшись. Для европейца вообще поведение нехарактерное, но тут мой взгляд цепляется за выглядывающий из кармана девушки паспорт, и мне всё становится понятно. Краешек надписи говорит о том, что она из России, ну а раз есть деньги приехать сюда, то, скорее всего, жена или дочь нового «хозяина жизни», а там что угодно может быть.

Девочка не просто бледная, она белая, что мне о многом говорит, ну ещё и в обморок падает, что не очень хорошо. Контролеру я объясняю, что тяжело у неё проходит беременность, потому и попёрлась сюда, что для швейцарца вполне логично. Иногда с мозгами они, конечно, не дружат. Но девочка явно на грани болевого шока, это что же с ней сделали-то? Ну и признаки насилия, конечно, есть. Поэтому говорить нужно ласково и очень мягко.

Видел я уже такое, и не раз, кстати, поэтому укладываю девочку на кресла. Красивая она, конечно, глаз не оторвать, но сейчас вызывает просто желание её отогреть. Очень потерянной она выглядит и явно, судя по зрачкам, терпит довольно-таки сильную боль. То есть надо бы ей вколоть от щедрот, пока она прямо в поезде концы не отдала, а она может, легко. Сердце не выдержит — и привет родным.

Представляться в ответ не спешит, но оно и понятно — она вообще вряд ли соображает, что вокруг происходит, плохо ей. Я достаю аптечку, благо у меня много чего с собой есть, жизнь научила. Лежание на спине ей, кстати, неудобство доставляет, значит, действительно избили крепко. Наверное, просто от мучителя сбежала, значит, сюрпризы ещё будут.

— Я сделаю тебе укол, — предлагаю ей как можно более мягким голосом. — Сквозь одежду, ты и не почувствуешь ничего, зато болеть будет меньше. Согласна?

Странно не то, что согласилась, а то, что не испугалась. Она сейчас на что угодно готова, чтобы боль хоть немного утихомирить, а вот страх зависит совсем от другого. Это уже интересно, потому что слишком сложно для ловушки. Таких ловушек просто не бывает, да и времена нынче уже не те. Значит, можно принять за версию — девочка настоящая, не подставная, её совсем недавно сильно избили и как бы ещё не изнасиловали. И медицинская помощь ей не оказывалась, что говорит о чём? Правильно, мучили её дома.

После укола укладываю так и не представившуюся

девушку на бок, отчего ей сразу же становится легче. Что это значит, мне, например, понятно. Мусульмане, что ли, какие-нибудь? Нет, не похоже, вряд ли она тогда бы сама путешествовала. Пожалуй, загадка, хорошо, что не моя. Девочка, конечно, красивая, но не про меня — она сейчас мужика к себе вообще не подпустит, даже непонятно, чего на меня так не реагирует.

Уснула, ну это и понятно. Интересная девушка на самом деле. Явно сильно избитая, при этом выгоды от своего состояния не ищет, путешествует одна, всего пугается. Значит, что-то с ней произошло, причём против её воли и неожиданно. Решено, провожу её до гостиницы, помогу заселиться, тоже номер сниму ненадолго и займусь чиновниками, только, наверное, завтра с утра. Сегодня уже поздно, они до обеда работают, насколько я помню.

Интересная ситуация на самом деле. Можно сказать, даже загадочная, как и моя, кстати — и задание, вилами по воде писаное, и намёки Василича, и тот факт, что нет суеты… Хм… Странно это всё на самом деле. И метеорит этот, точнее, астероид. Если он действительно существует и по планете шандарахнет, то нам всем будет мало места. Не всякая ядерная война такое устроить может, так что тоже учитывать надо.

Беспокойно спит девчонка, похоже, кошмары у неё, несмотря на обезболивающее, а это значит, что я прав — против её воли произошло что-то, да ещё и как бы не в первый раз. То есть возможно такое течение событий… Если она, допустим, дочь «хозяйчика», который в прошлом — простой бандит, то могла быть избита, скажем, ремнём с последующим насилием, что для таких людей ни разу не сюрприз. Отсюда и сильные боли, например... Тогда может и с горы шагнуть, бывает.

А девчонка действительно красивая. Хоть и выглядит побитым котёнком, но красота у неё внутренняя, притягивающая. Я бы за ней приударил, наверное. Но в другое время и в другом месте. Надо будет понаблюдать за ней, но со стороны — не дай бог, примет за преследователя...

За окном встают прекрасные горы, девочка спит, а я размышляю о том, что совпадений не бывает. Раз мы встретились, то, наверное, не просто так. Надо будет осторожно узнать, что с ней случилось, может, помощь нужна. Я же человек, а не животное, так что кто знает.

— Меня Лиля зовут, — слышу я хриплый со сна голос попутчицы. — Спасибо вам...

— Здравствуй, Лиля, — поворачиваюсь я к ней. — Полегче тебе?

Почему-то не могу её на «вы» называть. Наверное, потому что выглядит такой потерянной, хоть и старается принять независимый вид. Но я же не слепой, поэтому мне много чего заметно. Лиля уже не настолько бледная, краски какие-то появились в лице. Она медленно и очень осторожно садится, потянувшись за тонкой сигаретой, торчащей из пачки, обнаружившейся на столе.

— Можно? — тихо спрашивает она, я киваю и помогаю прикурить.

Достав и свои сигареты, составляю ей компанию. Некоторое время мы молчим, затем Лиля тихо всхлипывает, а я вижу, как дрожат её пальцы. Курит она не взатяг, то есть балуется, нарабатывая рак горла, а не лёгких, как все остальные. Но при этом сигарета её явно успокаивает. Надо будет часа через три инъекцию повторить, если позволит, ну а пока наш поезд сбрасывает скорость, подтягиваясь к вокзалу Церматта.

— Приехали? — удивлённо спрашивает меня Лиля.

— Приехали, — киваю я, тушу сигарету и продолжаю: — Гостиница у нас одна, как я подозреваю, поэтому я тебя провожу, согласна?

— Со-согласна, — запнувшись, отвечает она, при этом мне совсем не нравится то, что я вижу.

Девочка ведёт себя так, как будто снова в обморок собирается, а это непонятно. Что с ней происходит? Впрочем, это не так важно — заселю её в гостиницу, а там уже их забота будет. Если что, вызовут врача. Гостиница пять звёзд, жутко дорогая, но вот трупы им точно не нужны, поэтому приглядывают, конечно.

Вот и хорошо, что Лиля со всем согласна, сейчас поезд остановится, и двинемся.

## ЛИЛИЯ НАЙДЁНОВА

Как-то мне очень странно, потому что с ходу доверять кому бы то ни было я не умею, но я не пугаюсь Александра, даже позволяю сделать себе укол неизвестно чем. Вот только после него боль становится меньше, а я начинаю себя намного лучше чувствовать. Какое-то успокоение находит, а он меня поворачивает на бок, как будто знает, что со мной сделал Сергей. А вдруг он действительно знает? Вдруг это соглядатай от мужа? Вдруг... Додумать эту мысль я не успеваю, потому что засыпаю.

Хорошо, что я осознаю факт сна, потому что вижу снова яростно оскалившегося Сергея с каким-то проводом в руках. Мне снится всё то, что произошло, но теперь я слышу и воспринимаю всё, что он зло выкрикивает. И там не только о малолетней шлюхе, но и «пустить по кругу», и много ещё сверх того. И прямо сквозь всё усиливающуюся боль проступает понимание — я боюсь мужа. Я не хочу с ним жить, потому что лучше сдохнуть под забором, чем пережить такое.

Проснувшись, я некоторое время прихожу в себя, чтобы затем вспомнить, что так и не представилась своему благодетелю. Это очень невежливо, поэтому я исправляюсь, назвав своё короткое имя. Говорить длинные слова мне почему-то сложно, ну ещё и ощущение такое, как будто знобит меня. Надеюсь, я не заболела, потому что здесь это может обойтись очень дорого.

Второй укол я принимаю с благодарностью. Александр колет каким-то небольшим шприцем прямо сквозь джинсы в ногу, отчего мне совсем не больно, а спустя минут десять становится уже совсем хорошо. Боль становится приглушенной, я перестаю дрожать, будто от холода, и опять наплывает сонливость. Но спать сейчас некогда, потому что мы приехали.

Почему этот Александр помогает мне? Как он узнал, что я русская? Почему так ласково разговаривает и… И почему я ему вдруг верю? Кажется, мне даже всё равно, если он захочет взять свою цену, но почему-то думаю, что не захочет. Он какой-то необыкновенно тёплый… Скорей всего, впрочем, я себя обманываю, потому что мне просто очень страшно. Настолько страшно, что уже почти всё равно, что со мной будет.

— Приехали? — удивляюсь я, когда поезд почти уже останавливается.

— Приехали, — кивает Александр, туша сигарету. — Гостиница у нас одна, как я подозреваю, поэтому я тебя провожу. Согласна?

— Со-согласна, — выдавливаю из себя, чувствуя себя так, как будто сейчас в обморок упаду.

Может ли он следить за мной по просьбе мужа? В самолёте я его не видела, а когда вошла в купе, он уже сидел, причём явно не в аэропорту сел. Слишком сложно для соглядатая, чуть ли не шпионские игры получаются, а я — обычная девчонка, никому не нужная сирота, поэтому не выходит.

Но тогда почему он мне помогает? Почему относится с такой заботой? Что ему может быть нужно? Моё тело? Да пусть берёт! Или он маньяк-убийца? Тогда я тоже согласна, всё равно он не сможет сделать ничего хуже того, что со мной сделал Сергей, слова которого во сне меня уничтожили. Лучше бы действительно маньяком оказался, может быть, просто убьёт — и всё закончится.

Он берёт мой чемодан, придерживая меня под локоть, а я… Мне хочется опереться на него, представить на минуту, что это мой парень, и не думать больше ни о чём. Так мы выходим из поезда, куда дальше — я, правда, не знаю, но точно знает уверенно двигающийся Александр. А, он к такси идёт! Три машины стоят неподалёку от платформы.

— До отеля тут недалеко, — объясняет мне мужчина. — Но в гору, а ты сейчас не дойдёшь. Так что подъедем.

Я только киваю, ведь он прав, я действительно не дойду сейчас. Но какой он предупредительный! Я таких мужчин даже и не видела ещё. Интересно, он тоже бандит? Может быть, он сможет убить Сергея и освободить меня? Или лучше пусть убьёт меня, потому что жизнь моя, как оказалась, совершенно бессмысленная.

— Карточка у тебя на твоё имя? — интересуется Александр уже в машине.

— Нет, — качаю я головой, решив о своей не говорить. — Мужа.

— Тогда я посоветую взять предоплату, — уведомляет меня попутчик. — На случай, если твой… муж захочет «перекрыть кран» и срочно вернуть тебя.

— По идее, он должен приехать… — не очень уверенно отвечаю ему, потому что мне очень не хочется, чтобы Сергей приезжал. Мне очень нужно от него отдохнуть, да и от всех людей скопом.

Сказанное Александром имеет смысл, потому что достаточно заблокировать карточку, чтобы я была просто вынуждена вернуться, а я не хочу. Я очень боюсь моего мужа, его «друзей» и всего, что их окружает. Их последняя «шутка» едва не стоила мне жизни, и то ещё неизвестно, во что она обошлась, потому что, когда заживут ссадины и раны — непонятно, как и то, почему мне так плохо. Просто невыразимо плохо.

Такси останавливается у красивого здания, украшенного пятью звёздами. Значит, это и есть наш отель, в котором я проживу, если повезёт, следующий месяц. Я пытаюсь дёрнуться за чемоданом, но Александр не позволяет мне этого сделать, ведя ко входу. Краем глаза я вижу, что наши чемоданы забирает какой-то мужчина в костюме, похожем на старинный.

Александр подводит меня к стойке, о чём-то долго разговаривает с девушкой там, затем просит меня выдать кредитку, что я сразу же и делаю. Девушка смотрит на неё, о чём-то говорит с моим попутчиком, затем кивает. Это значит, что она с ним соглашается. Что происходит дальше, я не понимаю, чувствуя, как усиливается дурнота. Получив ключ, вопросительно смотрю на Александра.

— Третий этаж, триста пятнадцатая комната, — медленно произносит он, взглянув на ключ, тоже похожий на старинный. — Вон лифт, — показывает мне рукой.

— Спа-спасибо, — я снова заикаюсь, что радовать не может.

Вокруг всё сделано под старину — отделка под красное дерево, какие-то ковры на стенах, даже на вид мягкая дорожка под ногами… Долго рассматривать у меня не получается, лифт возносит меня под крышу отеля, а комната обнаруживается прямо напротив выхода из лифта, что меня радует. С третьего раза попав ключом в замочную скважину, я вхожу в двухкомнатный номер, сразу же повернув в сторону спальни. Силы как-то очень быстро оставляют меня, и я почти плашмя падаю на жалобно скрипнувшую кровать.

Лёжа на животе, я не ощущаю боли, зато всё сильнее хочется спать, чему сопротивляться я совсем не в силах. Мои глаза закрываются будто сами по себе, лишь стоит ощутить себя в безопасности…

# Глава седьмая

АЛЕКСАНДР ТИХОНРАВОВ

— Русские банки ненадёжны, — объясняю я девушке на ресепшене[1], — имеет смысл взять предоплату недели на две, чтобы не было сюрпризов.

— О, благодарю вас! — улыбается мне сотрудница отеля, производя манипуляции с картой. — Вы семья?

— О нет, что вы, — возвращаю я ей улыбку. — Меня попросили присмотреть за ней. Девушка пережила очень сложную ситуацию в жизни, к тому же беременна... Ну, вы понимаете.

— Это очень благородно с вашей стороны, — соглашается она и, стоит мне проводить Лилю, начинает заниматься мной. — Вы тоже на отдых?

— Нет, — качаю я головой, вздыхая. — Я здесь по делам бизнеса, думаю, не больше недели, чеки же вы принимаете?

— Принимаем, — кивает девушка, увидев обложку чековой книжки.

В общем-то, сама чековая книжка ей всё сказала — богатый швейцарец со специфическим акцентом приехал по делам. Это вполне понятно с её точки зрения, поэтому меня она оформляет моментально, не задумываясь. Номер у меня триста десятый, то есть я нахожусь на том же этаже, но имею возможность именно присматривать, при этом с Лилей мы сталкиваться не будем, что очень, на мой взгляд, хорошо.

Девочка очень напугана, ей нужно расслабиться и успокоиться, поэтому трогать её лишний раз не надо, хоть и цепляет, конечно, сильно. Будь она в нормальном состоянии, может, и поухаживал бы, но сейчас за ней ухаживать — это ещё больше пугать, поэтому не буду. А буду заниматься своими делами, к которым сейчас относится заселение и ужин.

День пролетел просто незаметно, но зато я многое успел, что уже очень неплохо, на мой взгляд. Вот чего не фиксирую — это суеты. Учитывая, что я фактически растворился, суета хоть какая-то должна быть, а её нет. Вот что необычно… И очень, просто очень странно. Хотя, если подумать, какую суету можно обеспечить на эту тему? В банк, где меня могут ждать, я не ходил, а разыскивать человека нелегальным агентам в чужой стране? То есть всё, что возможно — это тихий розыск. Ну, тут бог в помощь.

Поднимаюсь в свой номер, чтобы обустроиться и переодеться. Чемодан мой портье уже принёс, поэтому вещи на месте, но вот гардероб сменить придётся, всё-таки мода… А на респектабельного джентльмена я не тяну — хорошо, хоть на пацана не похож. Пока что сойдёт, особенно для посещения чиновников, но пора уже превращаться в обычного швейцарца.

С этими мыслями я переодеваюсь, чтобы затем спуститься в ресторан. Лиля вряд ли выйдет сегодня, несмотря на то что она явно голодная. Надо позаботиться о ней, просто по-человечески. Ну и не только, наверное. Муж, надо же… То есть эта пигалица замужем за бандитом, её отделавшим так, что девочка едва ходит. Эта мысль рождает во мне ярость. Очень не люблю, когда бьют женщин, есть у меня такой пунктик, так что у её «мужа» уже проблемы.

Вполне адекватный ресторан, кстати. Как и отель, сделан под старину, резные спинки стульев, удобные столы, меню в кожаном переплёте. Открываю, напоминая себе, что пришёл ужинать, а не обедать, то есть фондю[2] мне не положено в любом виде, а вот «раклетт»[3] — вполне. Очень хочется именно швейцарских блюд, просто до чёртиков. Хочется вспомнить детство, почувствовать себя, как было с родителями.

— Вино, пожалуйста, — указываю, какое именно.

Это обязательно, я беру сырное блюдо. Ресторан очень респектабельный, выставлять себя неотёсанным нельзя, ибо город небольшой, все всех знают, а мне здесь жить. Вернее, неподалеку, в уединении, но тем не менее. Мелочей в нашей работе просто не бывает, как и в жизни. Именно поэтому в ожидании еды развлекаюсь аперитивом, осматривая зал, ну и прикидывая по привычке подходы-отходы.

Несмотря на то что должен бы думать о своих делах, из головы не выходит этот напуганный котёнок. Что-то мне кажется, что она банально сбежала, поэтому активные действия начнутся, когда закончатся деньги. То есть недели через две, потому что мужёнек, если не дурак, карточку заблокирует. Девушка на ресепшене взяла оплату не только за проживание, но ещё и по варианту «всё включено», потому что в ответ на вопрос Лиля просто кивнула, явно его не поняв. Значит, питание у неё есть. Кстати, надо озаботиться её ужином, да таким, чтобы плохо не было.

Запала мне в душу эта девочка, уж не знаю, чем, вряд ли же красотой, но тут спешить нельзя. Её надо очень медленно возвращать к жизни и быть неподалёку, когда назреет перелом, что в ближайшую неделю вообще не должно быть проблемой. Но загадок как-то слишком много, как и совпадений. Учитывая, что в совпадения я не верю, то встретились мы, получается, не просто так.

Приносят заказанное, заставляя меня просто замереть, потому что первой просыпается память. И запах, и вкус, и глоток вина — всё, как в детстве. Ну, кроме вина, конечно, маленьким я тогда ещё для него был, но вот аромат блюда и знакомый с детства вкус заставляют забыть обо всём и просто наслаждаться. В России этого нет — ни сыра такого, ни культуры подачи, ни удовольствия...

Ощущение возвращения домой. Всё-таки родиной для меня осталась Швейцария, кто бы что ни говорил. Россия, конечно, кровушки попила, но дома я себя там не чувствовал, и папа, по-моему, тоже. А вот мама всегда была очень тихой и спокойной, по-моему, нормально себя чувствуя даже в Союзе. Да...

Закончив с едой, решаю немного прогуляться, хотя

утомление уже сказывается, но перед этим подхожу к метрдотелю. Надо позаботиться о Лиле, сама о себе она, наверное, пока не сможет. Страх у неё сильный, поэтому, скорей всего, предпочтёт остаться голодной. В чём-то я её понимаю, потому что симптомчики у девушки плохие. Одно дело, когда гражданская война, другое — вполне мирное время. Плохие симптомчики, плохие, что ни говори.

— Чем мы можем вам помочь? — интересуется убелённый сединами мужчина, отлично знающий себе цену.

— В триста пятнадцатом номере девушка, — начинаю я объяснения. — Она беременна и плохо перенесла дорогу, поэтому вряд ли сможет спуститься. Не могли бы вы послать к ней женщину с лёгким перекусом?

— Обязательно сделаем, — кивает метрдотель.

Это норма здесь. Если я говорю о девушке и знаю о её состоянии, значит, я из близких. То есть к моим словам надо прислушаться и выполнить в точности. Я же считаю задачу по заботе об ужине Лилии выполненной, поэтому спокойно поворачиваюсь и иду в сторону выхода. Хочу всё же немного прогуляться перед сном, на материнскую гору взглянуть опять же...

## ЛИЛИЯ НАЙДЁНОВА

Просыпаюсь я от голода. Есть хочется очень сильно, но выходить из номера мне страшно. Страшно видеть мужчин, зная, что они могут со мной сделать. Ну и вообще жутковато. Боль по всему телу есть, но уже не такая сильная. Сейчас только я понимаю, какую глупость сделала — разрешила себя чем-то уколоть незнакомцу. А если это наркотики? Хотя мне уже неважно, наверное...

Попытавшись встать, я понимаю, что не всё так просто — тело отзывается с большим трудом. Через некоторое время встать всё-таки у меня получается. Пошатываясь и держась за стены, иду в туалет. Сначала надо сделать свои дела, а потом хотя бы переодеться. Мысли о неожиданной помощи моего странного попутчика, Александра, вызывают какое-то тёплое ощущение внутри — мне ещё никто и никогда за просто так не помогал. Разве что Сергей, но там его интерес был понятен... Спасибо, хоть подождал, пока я созрела.

Выйдя из туалета, я думаю, во что бы переодеться, а голод уже такой, что в глазах мутнеет. Но это пережить можно, это я просто от детдома отвыкла. Ничего, потерплю, я уже не та маленькая девочка, запертая в тёмном и холодном карцере на сутки без еды, страхи у меня теперь другие. И вот тут я слышу стук в дверь.

От ужаса, что это может быть Сергей, я чуть не теряю сознание, но затем беру себя в руки и иду открывать. Ноги дрожат так, что приходится опираться о стену. Но за дверью обнаруживается миловидная женщина с подносом. Она что-то щебечет, а затем проходит в комнату, что-то делает там и уходит уже без подноса, улыбнувшись на прощанье. Я же не понимаю, что это только что было.

Пожав плечами, возвращаюсь, чтобы увидеть сервированный столик. Какие-то сыры, хлеб, чай. Очень лёгкий, можно сказать, ужин, но для меня сейчас — идеальный. Но ведь, насколько я знаю, в отелях так не делают, без звонка, в смысле. Я никому не звонила, значит... Получается, Александр позаботился обо мне, больше некому. Но почему, ведь я ему — никто? Зачем он это сделал? Моё состояние он видел, должен понимать, что с меня сейчас взять вообще нечего, даже меня.

Неужели он просто так позаботился обо мне, просто по доброте душевной? Разве так бывает? Я не знаю ответа на этот вопрос и, кажется, опять плачу. Какая-то я слишком плаксивая в последнее время, ну, то время, что я без Серёжи. Мысль о муже сразу же отдаёт тошнотой, пустой желудок скручивает спазмом. Сломал меня муж, получается, знаю я это состояние, в детдоме у одной девчонки было, когда её силой взяли. Она, правда, и недели не прожила после этого… Неужели и я?..

Отламываю кусочек хлеба, кладу его в рот, тщательно жуя. Вроде бы всё хорошо. Пока о муже не думаю, всё хорошо. Надо будет душ принять, ну или хотя бы поснимать с себя всё. Поспать, как есть, и на ночь опять намазать себя всю, потому что, похоже, этот зверь только лицо не тронул. От этих мыслей на глаза снова наворачиваются слёзы, но сейчас мне можно, меня никто не видит. Почему есть девчонки, которым везёт получить в мужья такого, как этот Александр, а я… а мне… Разве я виновата в том, что меня бросили?

Я пью горячий сладкий чай и жую необычно вкусный мягкий хлеб с сыром — и становится немного легче. Поев, привычно оставляю немного хлеба на утро. Привычка, воспитанная в детдоме, снова оживает именно сейчас. Почему она оживает, я могу понять — меня отлупили, как тогда, только Марь Васильевна не ремнём била, а прутами какими-то, зато бывало и до крови. Все об этом знали, и ничего ей не было, кому мы там были нужны…

Но вот так, чтобы я потом не могла двигаться — такого не было. Неделю сидела очень осторожно — было, а вот чтобы совсем так — это впервые.

С большим усилием стягиваю джинсы, затем падаю на спину, чтобы отдышаться. Не знаю, что со мной сделал муж, но двигаться и напрягаться очень тяжело, просто невозможно почти. Но помыться мне надо, поэтому я с трудом встаю на ноги. Меня ведёт в сторону, отчего я чуть не тараню носом стену, но каким-то чудом удерживаюсь на ногах, заходя в ванную комнату, совмещённую с туалетом, что нормально — гостиница же.

Попытка стянуть бельё заканчивается болью, что говорит о том... Похоже, задницу я за день раскровенила, и трусы просто присохли. Поэтому сейчас будет больно и кровь. Или не будет? В каком-то фильме про войну видела, что бинты отмачивали, может, и трусы так же надо? Надо попробовать.

Включив и отрегулировав воду, я осторожно залезаю в ванну, усаживаясь в ней. Голова кружится всё сильнее, что это значит, я не знаю, но на всякий случай воду выключаю. Дышится мне не очень хорошо, но я терплю, в обморок не падаю, потому что сначала дело. Вода меняет цвет, что говорит о правильности моей догадки. Сейчас вот ещё немного посижу и попробую... Вроде бы получается....

Справляюсь, занимаюсь собой, стараясь не смотреть на то место, которое мою. Зрелище страшное, но нужно поспешить, а то я прямо тут в обморок упаду. Голова кружится всё сильнее, поэтому я, выбравшись из ванной, передвигаюсь почти ползком, потому что так падать ближе. Мысль оказывается правильной, а ковёр — мягким.

Очнувшись, я чувствую сильную слабость. Настолько сильную, что подняться нет никаких сил. До кровати я не доползла всего ничего, но, похоже, не доползу, и вот так меня завтра поутру увидит обслуживающий персонал. Эта мысль придаёт сил, заставляя всё же добраться до кровати. Но на сегодня, кажется, это последнее усилие.

Я ложусь на живот, тихо хныча от самой позы. Не знаю, почему, но сдержаться я не могу и плачу, плачу, плачу. Мне кажется, что бить начнут прямо сейчас, и как-то унять это ощущение у меня не выходит. Тяжело выдохнув, я поворачиваюсь на бок, подтягиваю к груди колени, сворачиваясь в комочек. «Поза эмбриона» называется, считаются, что так лежат детки в животе у матери... Хотя мне-то откуда знать...

И хочу спать, и страшно очень, поэтому просто пока замираю в такой позе. Поела я немного, но этого хватит, вот непонятная слабость тревожит. Не было такого раньше никогда... Ну, ещё одна проблема — Александр. Я не понимаю, зачем ему всё то, что он для меня делает, потому что это очень похоже на заботу, ну, как в фильмах... Но я же ему никто! Зачем ему обо мне заботиться?

Сейчас я ощущаю себя той самой Лилькой — двенадцатилетней, ничего не понимающей девочкой, которую бьют, шпыняют, не кормят злые взрослые. Такой я была эти годы, постепенно беря себя в руки и выживая. Я выживала, когда меня били, и била в ответ. Я закрывала глаза и не сдавалась ни перед чем, за что была названа бешеной, да меня даже насиловать большой компанией полезли, потому что боялись.

И вот... Что-то случилось. Неужели избиение Сергея меня настолько подкосило, что я просто потерялась, прямо как тогда? Неужели ему удалось меня сломать? Но даже если так, это не объясняет того факта, что я с какого-то перепугу доверилась Александру. Пожалуй, именно на этой мысли я и засыпаю.

# Глава восьмая

## АЛЕКСАНДР ТИХОНРАВОВ

Утром я просыпаюсь довольно рано — около семи. Как раз хорошо, чтобы всё успеть, поэтому принимаю душ и топаю в ресторан на завтрак. Обычный, так называемый «континентальный» завтрак в варианте шведского стола. То есть набираешь себе чего хочешь, наливаешь кофе и завтракаешь.

Завтрак должен быть плотным, так меня учил папа, поэтому беру и яичницу с колбасками, и круасаны, и апельсиновый сок — витамины нужны всё равно. А кофе я возьму, когда закончу с основной частью. Нужно не забыть попросить отнести завтрак и Лильке, сама она вряд ли решится выходить пока. Цветы ей что ли заказать? Но, во-первых, я не знаю, какие ей нравятся, а во-вторых, это её, скорее, напугает.

Ладно, пока не до девушек — надо заниматься документами и вступать в права наследования ещё и здесь, потому что банк — это одно, а местное сообщество —

совсем другое. В Швейцарии огромную роль играют местные общины, шутить с ними не надо, потому что выйти может боком. Об этом я думаю, пока поглощаю завтрак. Кроме того, надо озаботиться связью, но это подождёт несколько часов.

— Потенциально опасный астероид продолжает приближаться к Земле, — слышу я сообщение из дотоле что-то неясно бормотавшего телевизора. — Диаметр астероида может достигать четырёх сотен метров. В случае столкновения...

Знаю я, что будет в случае столкновения, даже слишком хорошо знаю. Рванёт так, что не каждая ядерная бомба таким похвастаться сможет. Значит, не утка, а астероид действительно есть. Это уже не очень хорошо, может означать, что «не пойми что» в горах тоже есть, а тогда все мои выкладки смотрятся смешно. С другой стороны, и тому, о чём я думал, тоже не противоречат.

Быстро выхлебав кофе, я подхожу всё к тому же метрдотелю, но он, видимо, уже понимает меня без слов, поэтому просто кивает. Вот и хорошо, девочку покормят, а там посмотрим, сможет она двигаться или нет. Вопрос в том, так ли меня интересует этот забитый котёнок, чтобы включать её в планы? Это очень хороший вопрос, но отвечать на него я буду несколько позже, сейчас не до этого.

Поднявшись в номер, я беру картонную папку с документами, затем отправляюсь вниз, кинув на прощанье взгляд на закрытую дверь триста пятнадцатого номера. Думаю, ничего страшного произойти не может, поэтому пусть отдыхает девочка.

Минуту подумав и поинтересовавшись, в какой стороне мэрия, я решаю пройтись пешком. Тут всё рядом, и до неё — дай бог, чтобы километр. Что я, километр пешком не пройду? Тем более в Церматте я был только в глубоком детстве. Интересно, как изменилось всё за столько лет, хоть и кажется, что никак. Швейцария — вообще очень консервативная страна, здесь многое не меняется веками, что, на мой взгляд, очень комфортно.

Прогуливаясь в сторону массивного здания, в котором размещаются местные чиновники, я раздумываю о дальнейших шагах. Права сменить мне не позволят, пока не будет решения по моему гражданству, так что этот вопрос надо отложить, а вот съездить, взглянуть на дом всё же стоит. С этими мыслями я и вхожу в мэрию, чтобы отправиться в так называемое «Бюро гражданина».

— Добрый день, — здороваюсь я, вспомнив, что кантон вообще-то итальянский, кажется, но девушка отвечает мне по-немецки. На литературном, конечно, без диалектов, но всё же.

— Чем я могу вам помочь? — интересуется она, с интересом оглядев меня.

— Понимаете, я родился в Швейцарии, — начинаю я и в быстром темпе рассказываю свою историю, с поправками, конечно.

Девушка меня внимательно слушает, сочувственно кивает, а потом задумывается. Она долго рассматривает моё свидетельство о рождении, хмуря лоб, как будто пытаясь что-то вспомнить.

— Одну минуточку, — просит чиновница, берёт мои бумаги и куда-то уходит.

Я настраиваюсь на долгое ожидание, ведь они должны запросить Берн, что делается по телефону, а копии документов им, наверное, факсом пришлют. Но возвращается девушка довольно быстро. При этом она мне улыбается, но не дежурной улыбкой, а искренне и по-доброму.

— Мы очень рады, что вы смогли вернуться, — сообщает она мне. — Ваше гражданство было оформлено при рождении по желанию ваших родителей. Я вам выдам сейчас временное удостоверение личности, а через три недели вы получите по почте приглашение.

— Благодарю вас, — немного ошарашено отвечаю я, потому что таких подробностей о себе не знал. Решаю — наглеть так наглеть:

— Не подскажете, как я могу права заменить на швейцарские?

— Очень правильное решение! — хвалит меня девушка, объяснив при этом, как пройти к следующим чиновникам.

Из мэрии я буквально вываливаюсь в сильном удивлении. В кармане у меня — свежеотпечатанное водительское удостоверение и швейцарские временные, но, что немаловажно, подлинные документы. Такой подготовки я от родителей, пожалуй, не ожидал. Можно сказать, что сам факт меня несколько шокировал, но… теперь я стопроцентный швейцарец, поэтому надо озаботиться гардеробом и автомобилем. А завтра можно будет уже съездить, посмотреть на состояние дома.

Вообще-то, насколько я знаю, именно такого молниеносного оформления, как будто меня ждали, в Швейцарии как раз не бывает, если только их не предупредили заранее. Но «заранее» — это максимум за неделю. И вот от этой мысли мои волосы становятся дыбом: а что, если основной задачей было как раз удалить меня из России? А мотив? Вот мотив тут и не ясен, но ощущение именно такое — меня очень хорошо просчитали и предупредили швейцарцев. Так это что, я в ловушке? Да нет, непохоже, не стали бы они так мудрить с гражданством и прочим… Что-то тут не так.

Хмыкнув, я отправляюсь в сторону ближайшего магазина одежды. В первую очередь надо привести себя внешне в соответствие с видом типичного европейца, затем где-нибудь пообедать, а после уже заняться автомобилем. Всё-таки до моего дома автобусы не ходят, то есть или на такси, или сами, ребята, сами. Предпочитаю сам. И хвост, если что, срисую, и безопаснее так, по крайней мере, я так думаю.

Одёжный магазин довольно крупный, но я искать и выбирать не собираюсь, для этого здесь есть консультанты. Вот как раз один такой направляется ко мне с широкой улыбкой. Богатого клиента они чувствуют всем вместилищем своей интуиции, поэтому сейчас я в хорошем темпе приоденусь, чтобы не выглядеть белой вороной.

## ЛИЛИЯ НАЙДЁНОВА

Я просыпаюсь медленно, будто нехотя. Боль сразу же напоминает о себе, но она уже не настолько сильная, какой была вчера, или же я уже притерпелась к ней. Открыв глаза, несколько минут слушаю тишину, глядя в большое окно, за которым вдали виднеется огромная белая гора, усыпанная туристами. Ощущение покоя и безопасности позволяет мне ещё некоторое время оставаться в постели. Вставать совершенно не хочется, но нужно.

Нужно выяснить, как я выгляжу сегодня, что изменилось со вчерашнего дня, и помыться по-человечески. Подумав о муже, я ощущаю укол страха, но сразу же вспоминаю, что его здесь нет, отчего страх пропадает. Заметив оставленный кусочек хлеба, я хватаю его, чтобы сразу же и съесть. Всё-таки, я долго не ела, а вчера только чуть-чуть перекусила.

О том, что было, думать не хочется. Разумеется, я ничего не забыла, но вспоминать не могу, как будто в сознании встала какая-то стена, не позволяющая вернуться в тот страшный день. Впрочем, это и хорошо, потому что тот самый липкий, пронизывающий страх мне совершенно не нравится. Не хочу его возвращения, просто ни за что. Хочу стать маленькой-маленькой и спрятаться ото всех.

Осторожно сев на кровати, обнаруживаю, что голова не кружится, но вставать всё равно боязно. Потянувшись, цепляю ручку чемодана, подтаскиваю его к себе и открываю. Собиралась я впопыхах, поэтому в нём, конечно же, бардак. Но бельё я нахожу. Отложив в сторону «ниточки», надеваю простые плотные трусы, которые на месячные использую, потому что они у меня очень болезненные и обильные, легко могу «протечь». Задница несколько недовольна именно этой одеждой, ну да тут ничего не поделаешь. Не «ниточки» же надевать…

Накидываю на себя домашнее платье, довольно длинное, поэтому хорошо прикрывающее следы избиения, и немного выдыхаю. В одежде мне как-то спокойнее. Цепляюсь взглядом за что-то серое. Покопавшись в чемодане, с удивлением достаю свой мобильник. Оказывается, я его вчера второпях сунула в чемодан и забыла. Потянувшись включить, останавливаюсь. Почему-то мне страшно это делать, и я замираю, чтобы отложить аппарат на журнальный столик. В этот самый момент в дверь стучат, и я встаю, чтобы открыть.

Зря я это сделала. Голова кружится неимоверно, я едва стою, но всё-таки дохожу до двери, чтобы увидеть давешнюю девушку с подносом. Наверное, она хочет забрать вчерашнюю посуду. Я пропускаю её мимо себя и сразу же сажусь на скамеечку возле двери. Головокружение медленно проходит. Это что значит? Я не могу стоять? Что со мной случилось?

Я не даю панике овладеть собой, держусь изо всех сил, отчего даже не замечаю, как уходит девушка. Что со мной? Что происходит? Неужели Сергей что-то повредил во мне настолько сильно? Тогда он меня гарантированно выкинет, калека ему точно не нужна. Значит, жизнь и так и так закончилась. Это мой последний отпуск, а потом я… Так или иначе меня не станет. Или сама сдохну от голода, или Сергей пристрелит, чтобы не мучилась. С него станется, он зверь…

Опускаюсь на четвереньки, понимая, что так двигаться, наверное, смогу, и медленно возвращаюсь в комнату, чтобы увидеть разложенный завтрак. Я понимаю — это Александр опять позаботился обо мне. От этой ненавязчивой, никогда мною не виданной заботы хочется плакать. Просто плакать, и всё, чем я сейчас и занимаюсь. Последние дни сделали меня плаксой.

Давясь слезами, я завтракаю, вспомнив о том, что так и не умылась, да и зубы не почистила. Но учитывая, что я даже стоять не могу, не пытаясь упасть в обморок, то, наверное, пока обойдусь. Сейчас мне нужно хотя бы поесть, но и не объедаться, потому что это мне на весь день. Питаются здесь, как и в каждом подобном отеле, в ресторане, а до него ещё надо дойти.

А как дойти, если я встать не могу! Может быть, это от голода? Вот сейчас наемся, отдохну и ещё раз попробую встать. Я же вчера ходила, почему сегодня не могу? Этот факт вызывает волну паники, с которой я просто не знаю, что делать. У меня нет опыта выживания в подобных условиях. А если приедет Сергей?

Наверное, если он приедет, я буду истошно кричать, тогда кто-то вызовет полицию, и я скажу, что он меня хочет убить. На это-то моего английского хватит. Вот только я здесь — никто, могут же просто выпнуть домой, и всё, а там прав у меня — как у синички, в лучшем случае, просто выкинут, а в худшем — я о смерти молить буду. Что же делать? Опять появляется страх.

Наверное, надо включить телефон, чтобы узнать, когда приедет Сергей и приедет ли. Хорошо бы, чтобы не приехал, я тогда буду жить здесь, пока деньги не закончатся, а что будет потом, меня не волнует уже. Одна только хорошая новость есть, по-моему, — я не дрожу от страха, а могу связно рассуждать. Пока я связно рассуждаю, ничего плохого не случится, а если и случится, то я что-нибудь придумаю, обязательно.

Я тянусь за мобильником и включаю его. Интересно, есть ли здесь роуминг? По идее, должен быть, но я просто не знаю подробностей абонемента на моём телефоне, ну, или как это правильно называется. Звонить мне особо некому, поэтому я телефоном почти и не пользуюсь. Загружается он долго, ещё дольше ищет сеть, поэтому я пока жду, попивая кислый апельсиновый сок.

Спасибо Александру за то, что он делает. Хотя я ему совсем чужая, но за сутки он сделал для меня намного больше, чем даже Сергей. Муж обо мне заботится методом выдачи денег, и всё. Ну и, кроме того, требует взамен совершенно определённых вещей, а Александр не потребовал ничего. Даже если захочет меня взять, я возражать не буду, всё равно ничего не чувствую я от этого процесса. Притворяться научилась, а так — ничего не чувствую, как будто и не меня…

Пискнул входящим сообщением телефон. Надеюсь, это не отказ в роуминге. Потянувшись к аппарату, я замираю. Почему-то мне совсем не хочется брать его в руки, как будто он взорваться может. Сделав над собой усилие, я всё-таки обнимаю ладонью свою маленькую «Nokia 3410» и нажимаю пальцем кнопку.

Сообщение не от Сергея и не от оператора. Судя по номеру, это Верка пишет, жена Патлатого, есть у них такой в… фирме. Это сейчас называется «фирма», а раньше хоть называли правильно — бандой. Впрочем, моё какое дело? Содержание не самого длинного сообщения сразу до мозга не доходит, а когда доходит, я просто роняю аппарат, не понимая, что будет теперь.

На дисплее упавшего телефона продолжает светиться надпись, полностью меняющая мою жизнь. Теперь уж точно всё будет совершенно иначе... Только как?

«Гвоздя и Серого завалили, ищут всех, чтобы зачистить концы. Беги!» — пляшут перед моими глазами слова на экране мобильного телефона. Что мне делать? Что?

# Глава девятая

АЛЕКСАНДР ТИХОНРАВОВ

Решив пообедать всё-таки в гостинице, уже одетый в приличную по местным меркам одежду, возвращаюсь в место временного проживания. Здесь я зарегистрирован по российским документам, так что, если есть кто-то, кто проверяет, он может быть спокоен — всё в рамках задания, ну а затем я отсюда просто исчезну, растворившись в пространстве, ибо в швейцарских документах зовут меня несколько иначе.

Направляюсь сразу же в ресторан, но вижу знак метрдотеля, что означает — хочет что-то сказать. Просто так он бы меня не позвал. Учитывая мою утреннюю просьбу, скорей всего, о девчонке сказать хочет, тут логика простая.

— Девушка в очень нехорошем состоянии, — сообщает мне пожилой мужчина. — Бледно-синяя и, похоже, не может стоять. Может быть, врача?

— Врача она сейчас испугается, — задумчиво отвечаю

я. — Давайте сделаем так: я пообедаю, а затем посмотрю, что с ней происходит.

— Согласен, — кивает всерьёз обеспокоенный репутацией отеля служащий.

Я сходу заказываю фондю, по которому уже сильно соскучился, вино к нему, а сам размышляю. Если Лиля сильно бледная, да ещё и не может стоять, то ситуация для неё крайне неприятная. Если сильно избили, могли начаться проблемы с сердцем, а если при этом что-то повредили, то возможны внутренние кровотечения. Хорошо, допустим, вызовут врача, тот проинформирует полицию, здесь это норма. Что будет в результате?

Ничего хорошего не будет, потому как сразу же задействуют русское посольство, тамошнего врача и выпрут девочку домой в минимальные сроки. А если именно сердце, то она обречена. Её зверь, так сильно избивший этого почти ребёнка, точно с ней возиться не будет. Значит, в той или иной форме — смерть. Не люблю я такие вещи, просто очень не люблю, но и просто смотреть, как фактически убивают девчонку…

Ладно, допустим, оставим на самотёк, что будет тогда? Труп будет, тут к гадалке не ходи, если она действительно с такими прямо проблемами. Что я могу сделать? Могу сделать декларацию о сводной сестре, спасённой из рук страшных бандитов. Та же песня о русской мафии может помочь. Денег у меня много, так что гарантировать её уровень жизни могу. Значит, «осталось уговорить невесту», как сказано в одном известном фильме.

Значит, решено, пообедаю по-людски, а потом пойду на девочку смотреть, в надежде на то, что она меня пустит. Тут спешить нельзя, фондю ей пока не надо, жирновато будет, а женская истерика лучше выслушивается на сытый желудок. Немного цинично звучит, признаю, но и с мыслями собраться мне надо.

Возьмём другой вариант — девочка много плакала, поэтому и бледная, а что стоять не может — так это персоналу показалось. Что тогда? А ничего особо не изменится — проведать её всё равно надо. Если проблемы нет, то и хорошо, а вот если есть... Я же себе не прощу подобного. Поэтому исхожу из того, что проблема есть. Эх, другие у меня планы были на послеобеденное время...

Но пока суд да дело, надо отдать должное прекрасному сырному фондю, которое на самом деле — блюдо семейное. Подцепив на длинную вилочку кусочек хлеба, обмакиваю его в горячую сырную массу — и воспоминания захлёстывают меня. Вот так же мы сидели с папой и мамой вокруг стола, наслаждались этим блюдом, улыбались, шутили, о чём-то говорили.

Теперь мамы и папы больше нет... Могло ли так быть всё-таки, что их убили? Вполне могло, времена бандитские нынче, так что вполне... Меня тоже могли на самом деле, но я в то время был совсем в другом месте, где это было сделать технически сложно. Значит, могли и убить, потому и похоронили так быстро, почти без всяких формальностей. Я же был убит горем и просто не задумывался, что происходит. Да и мама себя вела не совсем обычно... Странно, не помню этих полутора месяцев, только отдельные кадры. Вообще много странностей в гибели родителей, если так подумать...

Впрочем, для начала у меня несколько другие

проблемы. С документами странности — как по маслу проскочил, чего обычно не бывает. Ну, насколько я знаю швейцарскую бюрократию, так просто не бывает. С деньгами, с домом — всё как будто подготовлено для меня. Кроме того, папа никогда не упоминал некоторые вещи, просто совсем никогда, а это ещё более удивительно, потому что подготовить сына имело смысл.

С трапезой я закончил, надо двигать к девочке этой, Лиле, посмотреть, насколько действительно ситуация плохая. Я встаю из-за стола, ощущая в желудке приятное тепло знакомого с детства блюда. Так хочется оказаться в кругу семьи, слов нет, но нет у меня никого уже. Что замечаю за собой — время от времени будто просыпается подросток где-то в глубине души, что в тридцать уже не совсем хорошо. Ну, по-моему.

Благодарно кивнув официанту, поднимаюсь из-за стола, чтобы двинуться в сторону лифта. Понимаю, что на третий этаж лифтом — это барство, но ничего не могу с собой поделать. После сытной еды шевелиться лишний раз не хочется. Нажимаю кнопку и жду, прокручивая в голове разные варианты: от «персоналу показалось» до «всё плохо». Вот кажется мне, что, скорее, всё плохо, есть такое ощущение. А если ощущение есть, то надо очень хорошо продумать, что именно делать. Ну, ещё зависит от того, что именно плохо. С этой мыслью вхожу в лифт.

Если девочка от мужа именно сбежала, то нужно ждать гостей. Ну, от гостей средство простое — предупредить персонал, благо русские бандиты отдыхать сюда уже, скорей всего, приезжали, а Швейцария — это вам не Тунис какой-нибудь, тут на выход наладят быстро.

Поэтому опыт у них, скорее всего, есть. Но вот если она не сбежала, а случилось что-то другое…

Двери лифта открываются, я иду вперёд. Коснувшись пальцем двери номера, обнаруживаю, что она не заперта. Очень странно для запуганной девочки, очень. Именно поэтому становлюсь ближе к косяку, надавив пальцами. Деревянная дверь номера легко поддаётся, открывая мне комнату, в центре которой обнаруживается лежащее тело в платье или халате. Неужели умерла?

С этой мыслью я бросаюсь к девушке, даже не подумав, что в номере может быть посторонний. На самом деле это очень непрофессионально, потому что убийство сходу никто не исключает. Но в комнате никого больше нет, а Лиля находится в обмороке. Чуть дальше валяется мобильный телефон. Интересно.

Без особого труда перекладываю девушку на кровать и бросаю взгляд на телефон. Не спеша выводить её из обморока, наклоняюсь к аппарату, чтобы прочитать короткое сообщение. Сюрприз!

## ЛИЛИЯ НАЙДЁНОВА

Я открываю глаза и обнаруживаю себя на кровати, при этом над собой вижу озабоченное лицо Александра. Испугавшись в первый момент, я остаюсь лежать, а он, взяв в руки мой телефон, читает сообщение, нахмурясь. Сейчас он поймёт, что я в полной его власти, и… И что? Мне уже всё равно. Судя по сообщению, кому-то нужно, чтобы не осталось наследников, значит, в России меня убьют. Скорей всего, максимально болезненно, чтобы было похоже на работу маньяка, или как-то ещё. Значит, возвращаться мне нельзя...

— Ты уже очнулась, — замечает Александр, непонятно как обнаружив это, ведь на меня он не смотрит. — Приходи в себя, и будем разговаривать.

— Что вы хотите со мной сделать? — тихо спрашиваю я, почему-то не чувствуя страха. Наверное, я просто устала бояться, вот и не чувствую.

— Наверное, помочь тебе, — вздыхает он, усаживаясь рядом. — Давай сначала поговорим о твоём самочувствии.

— У меня всё хорошо, — пытаюсь я увильнуть от темы, которая меня откровенно пугает.

— Ходить можешь? — интересуется Александр. Он всё знает, я вижу, что он всё знает, и вот тут мне становится страшно.

— Я... я... я... — пытаюсь ответить, но у меня ничего не получается. Волна паники будто лишает меня и рассудка, и самой возможности говорить.

— Значит, не можешь, — констатирует Александр. — Попробуй успокоиться, я клянусь, что не причиню тебе вреда.

Что значит «вред» в его понимании? Может быть, для него регулярное битьё — это как раз польза? Как там в детдоме говорили... Не помню. Впрочем, мне почему-то всё равно, жизнь всё равно уже закончилась, как тогда, в четырнадцать, когда меня чуть не... Сейчас вот человек, которому я хоть как-то доверяла, меня избил и практически сделал всё то же самое. А теперь он умер... Я снова одна, никому не нужна и, наверное, в одном шаге от смерти.

Смысл сообщения я понимаю, это называется «отжать бизнес». При таком раскладе убивают всех наследников, а так как я официальная жена, и это может где-то всплыть, то такой риск никому не нужен. Значит, официальную жену убьют хулиганы или маньяк какой-то. При этом тот факт, что я пока в Швейцарии, никого не остановит, приедет киллер — и всё. Бабок у Сергея много, за них где угодно достанут, так что не будет у меня этих двух недель.

— Голова кружится, — признаюсь я, потому что хочется хоть кому-то рассказать о своём самочувствии, а терять мне больше нечего. — И слабость.

— Значит, и сердце, возможно, — кивает Александр, затем задумывается.

В душе у меня неизвестно почему появляется надежда. Мне не хочется умирать, особенно так — быть застреленной в собственной кровати или «нечаянно» выпасть из окна... Кажется, что уже неважно, что со мной будет, пусть меня хоть каждый день бьют, только бы жить. Я достаточно пообтёрлась в среде бандитов, чтобы понимать, что в России была бы уже мертва, а тут до меня просто пока не добрались, но это ненадолго. Надо будет — и тут достанут.

— Так, — задумчиво произносит Александр. — Я могу предложить тебе выход, но не знаю, как он тебе понравится.

— Делай что хочешь, — перехожу я на «ты», потому что странно было бы называть на «вы» того, кто, наверное, меня убьёт.

— Я расскажу тебе, — он как-то мягко произносит это, вдруг погладив меня по голове.

Так никто никогда не делал! Совсем никто! Но от

ласки этого жеста мне вдруг хочется потянуться за этой рукой, обнять её, как будто... У меня даже сравнений нет. Я сдерживаюсь в последний момент. Что со мной? Почему я реагирую как маленькая? Что происходит? Мне становится страшно от моей реакции, а Александр вздыхает.

— Сейчас ты соберёшь свои вещи, — объясняет он мне, разговаривая при этом мягко и медленно. — А я тем временем позабочусь о машине и обеде для тебя, хорошо?

Ему вряд ли нужен ответ, но я киваю. Я понимаю: то, что говорит Александр, — это не просто так, но мне, честно говоря, всё равно. Убьёт так убьёт, может, хотя бы сделает это быстро... Такая смена настроения меня пугает. Я то паникую, то боюсь, то наваливается апатия. Такие перепады настроения изматывают меня.

— Я приеду и заберу тебя с собой, — продолжает Александр, чем-то похожий сейчас на Сергея. Не на того дикого зверя, а на Серёжу, что был в мои четырнадцать, спасителя... — Затем мы отправимся к врачам, где тебя хорошенько осмотрят, не пугайся этого. Нам нужно обосновать твоё проживание в Швейцарии.

Проживание? Он говорит «проживание»? Но это же очень сложно! Даже у Сергея не вышло здесь купить дом. Какая-то «община» сказала «нет», и ничего не вышло. А Александр не выглядит тем, у кого много денег. Ни красного пиджака, ни золотой цепи, ни золотых часов. Как он это собирается проделать? Я не знаю, но он так уверенно и спокойно говорит, и я почему-то верю, что у него получится.

Всё же, почему он хочет меня спасти? Ведь он всё понял про меня, почему тогда? Ведь он сам окажется тогда в опасности. Я не могу объяснить поведение Александра, но даже если будет мучить, пусть... Всё лучше, чем смерть. Вот же странно…

Совсем недавно я была готова к смерти, даже желала её, а сейчас я так сильно хочу жить, просто до слёз хочу. Вот как так? Почему у меня так сильно меняется настроение, почему я то паникую, то плачу, а то только сдохнуть хочу? Почему-то я очень не хочу оставаться одна. А ведь совсем недавно у меня было только одно желание — никого не видеть... Не понимаю себя совсем... Наверное, Сергей что-то во мне сильно поломал.

— Ты... — я боюсь задавать этот вопрос, ведь у меня нет выхода, совсем нет, и Александр это точно знает. — Что со мной будет?

— Бить я тебя точно не буду, — как-то очень грустно улыбается Александр. — И делать ничего того, чего ты не захочешь, тоже.

— Спа-спасибо, — тихо отвечаю я, не зная, верить ему или нет.

Сергей ничего не обещал, но некоторое время не трогал же, а Александр обещает, может, и продержится некоторое время. Ну, понятно, что ему нужно — чтобы я ноги раздвигала, когда ему хочется. Мне, в общем-то, всё равно… Если это цена за то, чтобы жить, то вполне адекватно всё, наверное. За всё в этой жизни надо платить, а с меня больше нечего взять, так что, скорей всего, так и будет. Меня всё устраивает.

— Тогда я поехал, — предупреждает меня Александр. — Через минут десять принесут обед, постарайся персонал не пугать, хорошо?

— Хорошо, — киваю я, не понимая, что он имеет в виду.

Ещё раз как-то очень ласково погладив меня, отчего я замираю, как парализованная, он выходит из номера. А я лежу, пытаясь понять, что это только что было, и на что я подписалась. Получается у меня плохо, отчего хочется плакать.

# Глава десятая

## АЛЕКСАНДР ТИХОНРАВОВ

Планы придётся подкорректировать, но сейчас нужна машина. Она в любом случае нужна, так что эти планы как раз никуда не деваются. Я отдаю распоряжение об обеде для моей «сестры». Буду выдавать её за сводную сестру, тогда внешняя непохожесть вполне оправдается, а так как родственница первой линии, то хотя бы вид на жительство получит.

Значит, в первую очередь машина, а затем… Стоп, она же ходить не может! Значит, взять и коляску хотя бы на время. Это её, правда, испугает ещё сильнее, но, во-первых, вариантов я не вижу, а, во-вторых, её испуг в данном случае нам только на пользу, хуже она себе не сделает. Неужели от избиения сломалось сердце? Могло на самом деле, но тогда проблем у нас побольше, учитывая вероятность падения астероида. Впрочем, я уже решил взять Лилю на себя, правда, мотив этого поступка даже себе объяснить нелегко, но чувствую, что просто иначе не могу.

Прогулявшись до ближайшего автосалона, задумываюсь о том, какая машина мне нужна. Понятно, что дизель и желательно многотопливный. Учитывая местность, где находится дом, лучше всего что-то мощное и полноприводное. Мерседес отпадает, ибо не верю я в его качества на таких колёсиках, фольксваген мне не по статусу... Пожалуй, больше подойдут «американцы»!

«Додж» — мощный и потому жрущий топливо, как... как приличные люди не выражаются, но зато удобный салон, огромный багажник, и есть куда девочку именно положить. Я усаживаюсь за руль — впечатляет! Как звездолёт какой-то, честное слово, по обилию кнопок. Очень удобная машина на самом деле, поэтому имеет смысл, конечно.

— Тест-драйв возможен? — интересуюсь у продавца-консультанта, который в ответ улыбается.

— Хоть сейчас, — отвечает он мне, а я прикидываю по времени.

— Тогда давайте проедемся, — предлагаю ему, после чего начинается суета, занявшая минут десять.

На «додже» уже висят временные номера, в салоне обнаруживается и продавец, что логично — он должен мне показать, как оно всё устроено, хотя машина с автоматической коробкой, то есть ничего сложного. Сажусь за руль, регулирую сиденье, в это время мне рассказывают и показывают. Действительно удобно, поэтому можно стартовать.

Урчит двигателем сыто, двигается мягко, зеркала большие — мечта, а не машина. Куда я еду, тоже понятно

— проехать по дороге мимо дома, посмотреть на его состояние и насколько безопасно Лильку туда везти. Вот что странно — я её больше ребёнком воспринимаю, чем девушкой, есть в ней что-то такое, хотя хлебнула она немало. Может быть, это из-за неизвестно откуда взявшегося доверия? Трудно сказать.

В гору и на серпантине машинка ведёт себя просто выше всяких похвал, учитывая, что мне есть с чем сравнивать. Я посматриваю по сторонам, но никакого внимания не замечаю, что само по себе интересно. Похоже, началась мода на большие машины, потому что «додж» люди воспринимают нормально. Вот и ладненько. Вот, кстати, и мой дом. Забор имеется, хоть и больше для вида, а сам дом выглядит монументально. Я включаю поворотник.

— Сюда нельзя, — спокойно замечает консультант. — Это частное владение.

— Частное, — соглашаюсь я, поворачивая легко идущую тяжёлую машину. — Моё.

— О-о-о, — тянет продавец, начиная улыбаться. В своей платёжеспособности я его только что убедил.

Два этажа, тяжёлые ставни, даже, кажется, бойницы есть. Серый дом в старинном немецком стиле мне уже нравится, поэтому я еду обратно, легко развернувшись на месте. Машина мне тоже нравится, и продавец видит это. Он уже предвкушает свой процент, значит, шевелиться будет быстро.

— За какой срок сможете оформить? — интересуюсь я.

— Десять минут, если номер неважен, — быстро отвечает он.

— Номер неважен, — улыбаюсь я.

Самоутверждаться я предпочитаю уж точно не за счёт номера, который может быть «красивым», но стоит при этом дороже, да и время на оформление... Ибо покупаются такие номера на аукционе. Уточнив насчёт чека, я принимаю окончательное решение, поэтому, стоит нам затормозить у салона, достаю из кармана чековую книжку, что заставляет продавца улыбаться шире.

Действительно, оформление занимает очень малое время, я успеваю только выпить чашечку кофе. При этом интересуюсь у сотрудницы автосалона, где можно взять или купить инвалидную коляску. Девушка живо интересуется проблемой, объясняю, что надо сестру к врачу отвести, а она вдруг перестала ходить. Мне искренне сочувствуют, показав пальцем на магазин напротив.

— Добрый день, — здороваюсь я с продавщицей, — мне нужна небольшая каталка для девушки двадцати лет.

— Вот отличная складная коляска, — сразу же мне показывают фактически стул на колёсиках. — Если девушка может сидеть, то для визитов в больницу вполне подойдёт...

Что интересно, меня ни о чём не спрашивают, здесь это считается некультурным, разве что я сам расскажу, но я просто молча покупаю. Стоит она столько, что напрокат брать бессмысленно. Потом просто выкину или в Красный Крест отдам, например, буду выглядеть ещё и хорошим мальчиком. М-да...

Теперь нужно посидеть и подумать, куда в первую очередь, куда во вторую. Стоп, а зачем я морочу себе голову? В Швейцарии существует такой специалист, называется «адвокат». По времени вроде бы всё успеваю, поэтому интересуюсь всё в том же автосалоне адресом ближайшего универсала, потому что к какой области права относится этот случай, просто не знаю. Нет, нелегально спрятать Лильку — вопросов нет, но лучше, конечно, попробовать именно легальные пути.

Именно поэтому я спокойно иду в указанном направлении, оставив машину у автосалона. Пока её делают красивой, я выясню необходимые мне вопросы. Начиная с того, куда и к кому обратиться, заканчивая простым представительством меня везде, где нужно.

— Чем мы можем вам помочь? — видимо, оценив костюм, меня проводят к адвокату немедленно.

— У меня довольно сложная проблема, — начинаю я объяснения. — Моя сестра смогла вырваться из России за мгновения до смерти.

Далее я рассказываю леденящую душу историю о том, как «сестру» избивали и насиловали, как убили её мужа страшные русские мафиози, ну и так далее в духе жёлтой прессы. Адвокат внимательно слушает, сделав стойку на том моменте, что девушка не может ходить.

— Вам нужно написать декларацию о том, что это ваша сестра, — сообщает он мне, доставая стандартный бланк.

Это ещё один интересный нюанс западного мира. Здесь верят на слово, то есть мне, гражданину, достаточно заявить о том, что это моя сестра, и мне сразу поверят! Кому бы я это в России рассказал... Конечно, размеры моего счёта, недвижимость и так далее тоже играют свою роль, но ведь сам факт!

## ЛИЛИЯ НАЙДЁНОВА

Обед кажется каким-то необыкновенным, очень вкусным и необычным. При этом нежирным, как будто Александр знает и о том, что меня рвало. Странный он какой-то, и относится ко мне, как будто я ребёнок, что ли… От этого немного страшно, ведь детей… воспитывают, а у меня задница ещё точно не зажила. Ну да покричу от боли, ничего, переживу… Пережила же Сергея? И Александра переживу…

Главное — он хочет сделать так, чтобы я осталась здесь, в безопасности, значит, поживу. А если очень будет зверствовать — в полицию убегу, может быть, помогут. Правда, могут при этом выкинуть… Наверное, зря я себя загоняю раньше времени. Посмотрим, какой он на самом деле, этот Александр, а пока думать об этом смысла нет.

Чемодан я не разбирала, поэтому просто кидаю туда те немногие вещи, которые достала, хочу встать за шубой, но понимаю, что просто не могу. Ноги как будто не слушаются, голова при этом кружится так, что я просто падаю на спину. Что со мной? Что? Я не понимаю, при этом меня опять накрывает волной паники, от которой я дрожу всем телом, не в силах думать ни о чём.

Сколько времени это продолжается, я не знаю. Глаза мои зажмурены, а ещё мне кажется, что вот прямо сейчас меня придут убивать. Пытаясь справиться с собой, я будто бы даже падаю в обморок ненадолго, но постепенно паника уходит, дрожь прекращается, и я снова могу нормально дышать. Наверное, мой бывший муж что-то очень сильно во мне повредил, раз у меня второй день такие ощущения.

— Так я и думал, — слышу я голос Александра, а затем чувствую его руки.

Я вздрагиваю, но он вовсе не задирает мне подол, не лапает, а берёт на руки. Меня на руках никто ещё не носил! Никто и никогда! А он просто берёт на руки и куда-то сажает. Я боюсь открыть глаза, боюсь увидеть брезгливость в его взгляде. Почему-то сейчас воображение рисует мне именно брезгливость в глазах Александра, хотя он меня только что брал на руки.

— Не бойся, не нервничай, — мягко просит он меня, после чего я явно куда-то двигаюсь вместе со стулом.

Александр что-то говорит кому-то, ему в ответ слышится речь, в которой я могу уловить согласие, после чего движение возобновляется. Кажется, он меня везёт куда-то, а мне просто страшно открыть глаза. Я не хочу видеть свою судьбу, просто совсем не хочу. Что со мной теперь будет? Что Александр собирается делать?

Шипят створки лифта, я понимаю, что он меня увозит отсюда, но даже знать не хочу, на чём. Я понимаю, что глаза придётся открыть, но просто не хочу этого делать. Ни за что! Моё кресло или стул останавливается, Александр снова берёт меня на руки, куда-то укладывая. Я чувствую мягкую кожу какого-то сиденья и открываю глаза.

Это машина, причём довольно большая, больше, чем «Паджеро». Я оказываюсь лежащей на сиденьях заднего ряда, а спереди Александр что-то объясняет пожилому мужчине. Тот кивает, что-то объясняет, я слышу только отдельные слова, но это и неважно, потому что по-немецки я всё равно ничего не понимаю. Договорив, Александр поворачивается ко мне.

— Это синьор Лабино, — представляет он своего собеседника. — Он юрист и поможет нам тебя правильно оформить.

— Как жену? — тихо спрашиваю я, понимая, впрочем, что это — единственный вариант.

— Как мою сестру, — сообщает мне Александр, добавляя затем: — Сводную.

Я забываю, как нужно дышать. Жена — явление часто временное, с ней можно развестись, её можно отселить, кажется, а сестра — это навсегда. Даже если я не буду с ним жить, для чиновников я навсегда его сестрой останусь! Это просто непредставимо, потому что... Ну, получится, что у меня есть семья... Я понимаю, что это самообман, ничто не помешает Александру и бить меня, и много чего заставлять, но сестра — это статус вне зависимости от того, где я буду! Полиция не сможет меня выкинуть, даже если я от него убегу. Это... это... это... Слов нет. Кажется, я плачу, потому что так просто не бывает...

Машина порыкивает двигателем и куда-то едет, а Александр продолжает объяснять мне, что сейчас будет. Он рассказал местным, что моего мужа убили на моих глазах, а меня мучили бандиты, отчего спасти меня удалось буквально в последний момент. И ведь, если так посмотреть, даже и не врёт, получается. Сейчас же мы едем в больницу, где меня тщательно осмотрят, полечат и дадут официальное заключение о том, что рассказанное — правда. Тогда меня правильно оформят, и мне можно будет здесь жить. Как-то так я понимаю рассказ Александра, хотя и ощущаю себя не здесь, а где-то на другой планете.

Я понимаю, что статус сестры — это для чиновников,

ноги раздвигать всё равно придётся, но даже учитывая это, я ошарашена. Александр-то точно швейцарец, вон он как свободно себя ведёт и уже даже на машине. Что-то и о доме говорит, значит, крыша над головой будет, а всё остальное неважно. Меня опять накрывает апатия. Пусть будет что будет.

До больницы мы доезжаем необыкновенно быстро, при этом Александр меня опять берёт на руки и усаживает в инвалидную коляску, которую вынимает из багажника. Колёсики у коляски маленькие, она непохожа на те, что я видела, но сам факт говорит мне многое: я теперь всё равно что калека, значит, обречена. Надо будет привыкать к брезгливым взглядам и тому факту, что красоты моей больше никто не увидит, все будут видеть только инвалидную коляску. От этой мысли снова просыпается страх, и я начинаю мелко дрожать.

Первый же встреченный врач моё состояние явно понимает, начав расспрашивать Александра. Хорошо, что со мной говорить даже не пытается, потому что я же не понимаю их совершенно. А страх становится всё сильнее и сильнее, мне кажется, я дрожу вместе с коляской.

Меня завозят в какую-то палату и очень быстро, я даже среагировать не успеваю, делают укол в вену, затем что-то говорят моему новоявленному «брату». Он кивает, берёт меня снова на руки и укладывает на твёрдую кушетку, отчего я сразу же чувствую усиление боли. Сняв с меня шубку, Александр делает шаг назад, но я цепляюсь за его руку, боясь оставаться одной. Я понимаю, что меня сейчас разденут, но мне всё равно придётся перед ним обнажаться, поэтому, какая разница?

Страшно, просто очень страшно, поэтому я цепляюсь

за руку «брата», потому что так становится хоть как-то спокойнее. Александр же просто гладит меня по голове. Он гладит, и мне кажется, что от тепла его ладони страх понемногу уходит.

# Глава одиннадцатая

АЛЕКСАНДР ТИХОНРАВОВ

— Что вы укололи? — интересуюсь я, заметив, что девочка начинает успокаиваться.

— Седатив, — коротко отвечает врач. — Она уснёт, тогда её можно будет обследовать, сейчас же она очень сильно боится. Что произошло?

— Бандиты убили её мужа прямо при ней, выкрали её, — повторяю я легенду, уже высказанную адвокату. — Долго мучили, издевались, удалось спасти только чудом.

— То есть гинеколог тоже нужен, — кивает глава приёмного отделения.

Лиля борется с собой, но всё равно засыпает, при этом намертво вцепившись в мою руку, что доктора видят. Этот её жест и меня удивляет — странное доверие, но, возможно, просто в страхе цепляется за хотя бы известное зло. Такое бывает, я видел. Вот сейчас она уснёт, и я увижу, что с ней сделал уже, видимо, покойный бандит. Ничего хорошего, конечно, учитывая её состояние. Но я гарантировал оплату на месте чеком, поэтому доктора будут работать на совесть. Надо о медстраховке позаботиться, кстати, но попозже. Сначала узнать, что с девочкой.

Стоит Лиле уснуть, и две медсестры, приглашённые докторами, начинают её медленно и очень бережно раздевать, открывая нам качественно избитое тело. Как только она ходила, вот чего я не понимаю! Ноги, живот и даже грудь исполосованы чем-то довольно тонким, на спину и ниже смотреть без слёз невозможно. Вся покрыта синяками, особенно промежность.

Медсёстры помогают гинекологу получить доступ, специалист хмурится, тихо ругается под нос, но работает. Вслед за ним подходит другой врач, и ещё один. Они тихо докладывают своему шефу, но я слышу, о чём речь, и картина вырисовывается нерадостная.

— Вашу сестру били очень серьёзно, насиловали, в том числе и в задний проход. Во влагалище отмечены небольшие разрывы, зашивать которые бессмысленно, — сообщает мне врач. — Мучили её очень серьёзно, поэтому мы вам заключение дадим.

— Что можно сделать? — интересуюсь я.

— Психиатра она к себе сейчас не допустит, — задумчиво произносит доктор. — По той же причине я бы не госпитализировал. Медикаменты мы выпишем, рекомендации дадим, пусть полежит дома, а как окрепнет, можно будет проконсультироваться у психиатра.

— Очень хорошо, — киваю я, глядя на то, как медсёстры одевают спящую Лильку. — Что с... со следами делать?

— Получите список препаратов и процедур, — вздыхает врач, в задумчивости поправив очки. — И абсолютный покой. Сердце у неё, конечно...

— Это из-за сердца? — понимаю я, но вижу покачивание головы.

— У неё небольшой инсульт из-за болевого шока, — объясняет мне специалист. — А так как она очень боится, то испытывает состояние, близкое к адреналиновому шоку. Именно поэтому — максимальный покой и надеяться, что сможет ходить.

«Небольшой инсульт» — интересное выражение на самом деле... Насколько я помню, такого термина нет, видимо, доктор старается упростить. Что же, не так всё и плохо. Подтверждающую бумагу они дадут, вон адвокат улыбается. Правильно улыбается, дальше — его работа, а я поеду домой. Во-первых, там безопаснее, а во-вторых, гостиница к противостоянию бандитам не приспособлена. Кто знает, доберутся они сюда или нет, но рисковать никто не будет.

Значит, девочке половая жизнь пока противопоказана, что меня устраивает — не подумает, что противна мне. Врачи запретили, и хорошо. Будет у меня лежать, дышать горным воздухом и не думать о плохом. Надо будет её учебниками обеспечить и телевизором — пусть язык учит. Поправится — там посмотрим, что делать будем. По-моему, план неплохой.

— Можете забирать вашу сестру, — отвлекает меня от размышлений специалист. В его руке пакет с лекарствами, значит, просто заказали из аптеки, чтобы мне два раза не ходить.

Поинтересовавшись счётом, оплачиваю его с десятипроцентной переплатой чеком, после чего аккуратно пересаживаю спящую Лильку в коляску. Если примет меня, будет и у меня семья, а кем она в результате станет, то мне пока неважно. Кажется, мне жизненно необходимо о ком-то заботиться. Вот теперь о ней буду, хорошо же?

— Я всё получил, — сообщает мне адвокат. — Свяжусь с вами, как только будут новости.

Да, этот процесс может занять значительное время, но три месяца Лилька и так может тут находиться, а вот номер её пусть пока побудет пустым, хотя, думаю, полиция подсуетится, всё-таки русская мафия, как и всякая мафия — лакомый кусок, сулящий повышение по службе, чем здесь не шутят. Впрочем, не моё это дело. Я отвожу Лильку к машине, перекладываю её на заднее сиденье, прячу коляску в багажник и отправляюсь прочь отсюда.

Что-то мне подсказывает, что пока имеет смысл отсидеться дома. Раз в России сейчас одна группировка поглощает другую, то эксцессы возможны, а нам эксцессы не нужны, нам нужен абсолютный покой, как сказал доктор. А с доктором не поспоришь...

Не знаю, будет мне Лилька сестрёнкой или женой в результате, пока что это просто запуганная и сильно избитая девочка, которую нужно отогреть и успокоить. Она у меня будет хорошо питаться, смотреть на горы, дышать чистым воздухом и в перерывах учить язык, потому что ей здесь жить. А я займусь домом. Нужно осмотреть его на предмет сюрпризов и закладок, которые просто обязаны быть.

Спокойно двигаюсь по серпантину, фары включены, потому как повозились мы в больнице знатно, вечер уже. Сейчас разберёмся, где у меня в доме отопление и свет...

Или в гостинице переночевать? Нет, интуиция говорит, что гостиница — вариант плохой. Ладно, домой так домой.

Интересно, чего это интуиция так подёргивает. Она меня обычно не обманывает, поэтому есть мысль, что персонал стоит предупредить… Или полиция сама предупредит? Трудно сказать, да и интуицию к делу не пришьёшь, так что свободно послать могут. Ладно, будем исходить из того, что полицейские не идиоты, и займёмся своими делами.

Припарковавшись, вылезаю, чтобы открыть выглядящие хлипкими ворота. С трудом потянув на себя створку, понимаю, что вся ограда на деле намного мощнее, чем может показаться. Очень интересно. Особенно ворота чуть ли не десятисантиметровой толщины. Ладно, посмотрим, что у нас дальше.

Загоняю машину во двор, но двигатель не глушу, чтобы не поморозить Лильку, пока так, кстати, и не проснувшуюся. Открываю дом и сразу же вижу надписи по-русски: «генератор», «свет», «тепло», «холод». Это что, здесь климатика стоит? Да не может такого быть! Или может?

Последовательно включаю генератор, свет, тепло, с удовлетворением услышав тихий рокочущий звук. Похоже, действительно генератор. Интереснее становится раза в три, отчего я замираю, но через минуту яркий свет заставляет на секунду зажмуриться. Во дворе вспыхивают прожектора, один из которых освещает двор, а два остальных — территорию. Совсем интересно, доложу я вам… Нужно, впрочем, заняться Лилькой, а то проснётся ещё, испугается.

## ЛИЛИЯ НАЙДЁНОВА

Я просыпаюсь, чувствуя, что лежу в постели, но почему-то в одежде. Сквозь сомкнутые веки проникает свет, поэтому я открываю глаза. Комната, в которой я нахожусь, мне незнакома: зелёные обои, старинный на вид комод, стул с резной спинкой — вот что я вижу. Слабость при этом у меня присутствует, но страха почти нет. Боль ощущается привычной уже, не слишком сильной. Вокруг, как мне кажется, никого нет. Ощупав себя, обнаруживаю, что лежу в платье. Что произошло?

— Проснулась? — слышу я негромкий голос, в котором узнаю Александра.

— Что происходит? — спрашиваю его, не понимая, куда делась паника. Мне как будто всё равно.

— Мы были в больнице, — объясняет он. Ну, это я помню, кажется. — Тебе сделали укол успокоительного, поэтому ты пока не боишься.

— Пить, — прошу я, внезапно почувствовав жажду.

Александр бережно берет меня под спину, приподнимая, чтобы я смогла попить воды из протянутой им чашки. Я делаю несколько глотков, ощущая себя так, как будто по мне стадо слонов протопталось. Расслабленно упав на подушку, раздумываю, задать следующий вполне логичный вопрос или же нет.

— У тебя был инсульт, Лиля, — говорит мне он, голос у него ровный и спокойный. — Кроме того, что тебя очень сильно избили, с тобой нехорошо поступили в другом смысле, поэтому тебе предстоит долго лежать, и половые игры пока запрещены.

— Инсульт? — поражаюсь я, не поняв сначала, что он имеет в виду под «половыми играми».

— Лекарства у нас есть, — объясняет мне Александр. — Документами занимается адвокат, поэтому ты выздоровеешь.

— Скажи, кто я для тебя? — я ловлю его руку и приподнимаюсь, чтобы вглядеться в глаза. Может быть, честно скажет?

— Давай договоримся, что пока не выздоровела, ты мне точно сестрёнка, — улыбается он как-то немного грустновато. — А потом сама решишь.

Странный он, глаза не бегают, значит, не врёт? Может же он не врать? Тогда, получается, он меня действительно спас просто так? Но так не бывает, я точно знаю, не бывает, и всё! Наверное, Александр дождётся, пока я выздоровею, а вот потом... Но потом будет потом, сейчас-то что?

— Сейчас переоденешься и будешь спать, — сообщает мне он, как будто прочитав мои мысли. — Все разговоры утром. Ты есть-то хочешь? — спохватывается Александр.

— Д-да... — киваю я, не понимая, откуда столько заботы.

Со мной так не обращались никогда, потому мне это очень странно. Но поверить так хочется! Просто до слёз хочется ему поверить. Представить, что у меня может быть нормальная семья, близкий человек, которому от меня ничего не надо. Смогу ли я это представить хоть когда-нибудь? Не знаю...

— Тогда я сейчас приготовлю, — говорит Александр, поглаживая меня по голове. — И пересажу тебя, хорошо?

— А можно мне... с тобой? — тихо спрашиваю я его, на что он задумывается.

— Хорошо, — кивает наконец мой «брат». — Но коляски не пугаться, тебе пока ходить нельзя.

Значит, я калека. И несмотря на это, Александр не выкинул меня, а отвёз к врачам и заботится сейчас. Как-то очень странно... Я же даже на органы вряд ли подхожу уже, после инсульта не берут, насколько я помню. Значит, я ему нужна для чего-то другого, но мне даже это самое запретили сейчас. Понятно, что не навсегда, но запретили же... Ничего не понимаю на самом деле. Но и выхода у меня нет... Быть калекой в России — лучше смерть. Значит, поверю Александру, убьёт так убьёт, какая разница, когда...

Очень бережно он со мной обращается, как с чем-то хрупким, а я наслаждаюсь этими мгновениями, создающими у меня ощущение своей важности. Жизнь меня хорошо научила наслаждаться такими редкими мгновениями. Хочется даже поверить, что так будет всегда, но я знаю — не будет. Раньше или позже всё хорошее заканчивается, закончится и это, но пока... пока можно.

— Можешь меня Сашей называть, — улыбается он, проверив, удобно ли мне.

Улыбка у него тоже необыкновенная, добрая такая. Как ни всматриваюсь, не могу увидеть ни похоти, ни издёвки, ни ожидания чего-то. Просто добрая и... наверное, это называется «ласковая». Я похожую только разок в школе видела — одной девочке так мама улыбалась, а я увидела. Мне лет тринадцать было, я тогда чуть не сдохла от зависти. Такая злость взяла — почему у других это есть, а меня обделили...

Так вот, Александр... Саша именно так на меня сейчас смотрит, а мне тепло от его улыбки где-то внутри. Лет в пятнадцать я бы такую улыбку за слабость приняла, но не сейчас, после всего. Сейчас мне хочется этого тепла, хоть я и понимаю, что неоткуда ему взяться, но хочется же...

Саша меня везёт куда-то, перенося по ступенькам вместе с коляской, а я зачарованно оглядываюсь вокруг. У него дом, оказывается, есть. Он какой-то необычный, как будто взявший тепло и ласку от хозяина. Хочется расслабиться и не думать о плохом. Просто не думать, и всё, чтобы мир был отдельно, а я отдельно, но это невозможно. А это кухня, наверное!

Довольно большое помещение, уставленное плитами, приборами какими-то, чем-то непонятным для меня. Саша останавливает мою коляску у серого, будто каменного стола, чем-то щёлкнув у коляски при этом. Он гладит меня по голове, как ребёнка, а затем отправляется к высокому холодильнику.

Мне так нравится этот его жест! Я никогда, наверное, не признаюсь, но мне нравится, как он меня по голове гладит. Хочется даже ещё попросить, чего я, конечно, не делаю, но наслаждаюсь каждым его таким прикосновением, стараясь запомнить его надолго. Вот я и запоминаю, а Саша, насвистывая, что-то режет, на плите появляется кастрюля, сковородка, в которой уже шкворчит.

— Я в магазин по дороге заехал, — объясняет он, видимо, мне, потому что никого больше тут нет. — Взял кое-чего на пару дней. Ты немного в себя придёшь, и съездим поесть по-людски...

Вот тут я понимаю, зачем он мне это говорит. Саша показывает мне, что я — не затворница, не в тюрьме. Он хочет возить меня, чтобы я могла увидеть людей, наверное... Хотя сейчас мне не особенно и хочется, но именно от этой сказанной обыденным тоном фразы мне становится вдвойне тепло. Ощущать себя хоть и временно, но членом семьи для меня ценнее любых побрякушек. Интересно, как Саша это умудрился понять?

Он очень многое понимает так, как будто мысли читает. Не будь я уверена, что это невозможно, подумала бы, что так и есть. Я просто не знаю, что можно сказать в ответ, поэтому молчу, стараясь не заплакать. Какой-то я стала плаксой...

# Глава двенадцатая

АЛЕКСАНДР ТИХОНРАВОВ

Цепляется она за меня, но при этом как будто постоянно ожидает подлости какой или ещё чего-нибудь. Мир её я, конечно, разрушил, потому что отношусь к ней совсем не так, как она привыкла. Воспринимаю её больше действительно сестрой, ребёнком, а не взрослой девушкой. Почему именно так у меня работает восприятие, понять можно.

Лиля расплакалась за ужином, рассказав мне... Она скупо рассказывает, прячет в себе, но я умею расспрашивать. Вот и рассказала мне девочка о детском доме, попытке изнасилования в четырнадцать, и откуда взялся Сергей — это покойник, муж её бывший. Вот только кажется мне, что эта попытка была не просто так, очень уж вовремя «спаситель» появился. Учитывая, что покойник был бандитом, вполне возможно, что он всё это и организовал, особенно если крышевал детдом. Бывали такие вещи в девяностых, рассказывали ребята из следственного.

Но вот после этого рассказа воспринимать её взрослой не получается. Никогда в жизни не видевшая не то что ласки — элементарной заботы, девочка не превратилась в зверёныша, как-то сумев сохранить себя. Лиля воспринимается мною как ребёнок. Может быть, когда-нибудь, когда она поверит в себя, подрастёт, я и смогу воспринять её именно как девушку, а пока это девочка, нуждающаяся в ласке, заботе, доброте, к которым она так тянется… Жестокий у нас мир, до невозможности жестокий.

Укладываю её, помогая переодеться, ну и с душем помогаю — ставлю стул, ничего, на пару дней хватит, а потом я специальный куплю. Вот не подумал я… Ладно. Укладываю её в постель, сижу рядом, смотрю в эти необыкновенные зелёные глаза, полные слёз. Эмоции у неё, это как раз понятно… И по наитию начинаю рассказывать сказку.

— Ну что ты со мной, как с маленькой! — возмущается Лилька и сразу же пугается своего порыва, вся сжимаясь.

— Вот хочется мне, — объясняю я, гладя её по голове.

Очень ей это нравится, что о девочке многое говорит. Она — как потерявшее всё и всех дитя войны. Видел я на Балканах таких… Да… Рассказываю ей совсем детскую сказку о волшебниках, добрых, конечно, единорогах всяких… В сказке нет зла, только добрые существа. В этой сказке есть только добро, тепло, нежность и ласка. И Лиля слушает её, приоткрыв рот от удивления. Я понимаю, что происходит — некому было в детдоме в лихие годы читать ей сказки.

И реагирует она как совсем малышка — улыбается, немножко плачет и, наконец, засыпает. А я сижу рядом с ней и глажу её волосы. Мне есть о чём подумать, а Лиле надо отдохнуть. Здесь она в безопасности, и хотя пугается всего на свете, но мы это поправим. Спешить нам абсолютно точно некуда.

Убедившись, что сестрёнка моя названая уснула — пусть будет пока сестрёнкой, мне так легче её воспринимать, да и ей, наверное — так вот, убедившись, что она уснула, отправляюсь в подвал. Думаю, если и есть что-то важное в этом доме, то оно надёжно закопано именно там. Папа у меня тоже не самый простой был, поэтому нужно осмотреть подвал, и чем раньше, тем лучше. Кто знает, какие сюрпризы нас ждут? Швейцария — страна небольшая, а в моей ситуации много чего непонятно.

Спускаюсь по лестнице, осматриваюсь. На первый взгляд — пустая бетонная коробка, но это на первый взгляд. Я сажусь на ступеньку, закрываю глаза, припоминая подробности детских игр с папой, и будто слышу его голос. Он мне тогда рассказывал, что и где легче спрятать, а я внимал этому, как приключенческой повести.

«А вот если кирпичики в определённом порядке нажать...» — припоминаю я.

Кирпичей здесь нет, бетон же... Или просто выглядит бетоном? Надо стены простучать. Иду вдоль стены, постукиваю, и тут мне кажется, что часть стены звучит как-то по-другому. Озорства ради — иначе это не объяснить — простукиваю костяшками пальцев любимый папин мотив, и тут стена начинает осыпаться. Нечто похожее на бетон просто пылью осыпается, открывая вполне себе кирпичную стену, как папиных рассказах из детства.

Фантастика какая-то! На самом деле не знаю я таких веществ, что способны устроить подобное. Ла-а-а-адно!

Нажимаю на кирпичи, начиная от помеченного — так, как папа в детстве показывал. Иду и нажимаю, потому что «клавиатурой» служит вся стена. Ну, папа так рассказывал. Вот я дохожу до последнего, а он вываливается мне в руки. За ним — щит с цветными кнопками. Об этом отец тоже рассказывал, поэтому цифры я игнорирую, нажимая на кнопки в порядке, который мы вывели с папой, когда играли. Странно, что я всё это помню, кстати.

Раздаётся щелчок, стена раздвигается, открывая вид на довольно длинный коридор. Судя по всему, он вырублен в скале. Это как у отца получилось-то? Осторожно ступаю внутрь, двери за мной не замыкаются, что, кстати, хорошо — у меня сестрёнка наверху спит. Обычный серой краской окрашенный коридор. На двери слева надпись «Аппаратная», а на той, что справа — «Оружейная». Поворачиваю к ней, открываю нажатием на ручку и… Мама дорогая! Да тут роту вооружить можно! Причём летучемышиную роту. Да я с такими подарками этот дом от кого хочешь оборонять могу! Ну ничего ж себе…

Несколько ошарашенно поворачиваю в сторону аппаратной. За дверью обнаруживается довольно большой зал, украшенный огромным экраном от пола до потолка, несколько рабочих мест с компьютерами, выглядящими довольно допотопно, стена с большой картой, какие-то пульты. Вот это уже не игрушки, потому что отец, даже если бы богом был, самостоятельно такое бы не обустроил. Это система, причём система серьёзная. Неужели какая-то теневая структура Союза? А что, всё возможно…

Только сейчас я машинерию включать не буду — устал как собака, день был всё-таки очень непростым, потому эти радости мы оставим на завтра. Двадцать лет простояло, ещё ночь подождёт, а мне надо наверх — проверить Лильку, у неё кошмары могут быть. И спа-ать!

С этой мыслью я выхожу из коридора, чтобы подняться наверх. На мгновение замираю, задумавшись, но возвращаюсь в оружейную, чтобы взять с собой «калаш» с патронами. Просто на всякий случай, мало ли. Случаи, как говорит народная молва, бывают разные, а без ствола в таком уединённом месте я чувствую себя голым. А голым ходить мне не нравится, чай не нудист.

Оставив автомат на столе внизу, взбегаю наверх, чтобы проверить Лильку, но сестрёнка спит сладким сном, что не может не радовать. Вот мне спать ещё рано — надо консервационную смазку с автомата снять и привести в боевую готовность. Как бы ни хотелось спать, это — надо, потому что потом может на это не быть времени. Инструкции — они кровью пишутся.

## ЛИЛИЯ НАЙДЁНОВА

Он… Он… Он… Слов не хватает, просто совсем. Саша мне на ночь сказку рассказывает! Мне даже представляется, что я совсем маленькая, а он, как настоящий брат из сказок, рассказывает мне волшебную историю, чтобы лучше спалось. Это просто невыразимое ощущение, и о плохом просто не думается. В эти минуты я будто становлюсь намного, намного меньше, но мне не страшно почему-то.

В сказке, совершенно волшебной, нет зла, просто нет

никого, кто делает другим плохо, зато столько ласки и заботы, что я, кажется, просто растворяюсь в этом. А ещё он меня по голове гладит, и меня это не раздражает, не бесит, наоборот даже. Как будто не было ни детдома, ни Сергея, а всегда был он… Всегда-всегда, и сейчас я слушаю сказку единственного своего близкого братика. Глупости, конечно, но вот сейчас мне так хочется в это поверить, просто до слёз хочется…

И я засыпаю под его сказку. Сашин голос отдаляется, на смену ему приходят какие-то очень красочные сны, даже настоящий единорог! А ещё я вижу женщину и мужчину, совсем рядом вижу, как будто они наклоняются ко мне. У него синие, а у неё зелёные глаза и острые уши у обоих, как в сказках. Какой забавный сон… И ещё мне очень тепло в нём, так тепло, как и не было никогда. Что это? Почему?

Проснувшись, я ловлю себя на том, что улыбаюсь. Просто улыбаюсь, глядя в потолок, потому что ощущаю себя так, как никогда в жизни — в безопасности. Надо, наверное, вставать? Или подождать Сашу? Ой, он же сказал, что лежать надо! Значит, решено: буду лежать. За толику того тепла, что мне дарит мой «брат», я готова быть самой послушной девочкой на свете!

Саша за вчерашний день подарил мне ласки больше, чем я получила за всю свою предыдущую жизнь. Вот как так? Почему он такой, ну почему? Я не понимаю его, ведь он ведёт себя так, как будто я действительно… действительно сестрёнка? Разве такое может быть? И спросить некого, кроме Сашки, нет у меня больше никого на всём белом свете. Только он. Значит… Пусть будет братом, да? Может быть, не будет сильно наказывать…

— Проснулась, сестрёнка? — звучит голос того, о ком я только что думала, а я и ответить не могу — у меня голос перехватывает, такой он ласковый. Очень такой... тёплый!

— Доброе утро, — едва выдавливаю из себя и даже против своей воли тянусь к нему, не понимая себя совершенно. Ведь я одна на этом свете, за меня — никто, только я сама, неужели я размякла только оттого, что меня погладили?

— Здравствуй, маленькая, — улыбается он мне и... Я очень хочу верить его улыбке! — Сейчас мы умоемся, а потом и позавтракаем.

И хотя Саша просто ставит меня в известность, мне кажется, что я укрыта каким-то очень тёплым, мягким одеялом. Было у меня такое там... Упросила Сергея купить и куталась в него, когда бывало грустно. И вот теперь одеяла нет, а ощущение, которое оно дарило, есть. А Саша берёт меня на руки прямо так, завёрнутой в одеяло, на минуту прижимает к себе, а затем усаживает в коляску. Я же теряю дар речи от этого его жеста, ведь он обращается со мной, как с какой-то хрупкой драгоценностью!

— Сейчас мы умоемся, — произносит Саша. — Душ примет сестрёнка?

— Да, надо бы, — киваю я, его совершенно не стесняясь.

Это тоже, кстати, странно — я должна бы стесняться практически постороннего мужчину, но у меня такое ощущение, что Сашка не мужчина, а... брат? И не посторонний, а просто единственный мой близкий на свете человек, к тому же видевший меня уже обнажённой. Его взгляд при виде меня голой не становится какими-то сальным, как бывало у Сергея, он не реагирует по-мужски, я же вижу, значит, воспринимает меня не объектом для секса, а кем-то другим? Сестрой? Так странно...

— Я не боюсь почему-то, — признаюсь ему, пока он меня вытирает после душа. — Слабость есть, а страха нет.

— Некого тебе тут бояться, — отвечает Саша, заканчивая со мной. — Ты в безопасности, сестрёнка.

— Я в безопасности... — шепчу я, всё ещё не понимая себя. Наверное, от этого решаюсь на провокацию: — Одень меня, пожалуйста.

— Хорошо, — кивает Сашка, улыбнувшись. — Ты какое бельё сегодня хочешь?

Я не понимаю, что происходит, вот совсем! Я должна, просто обязана бояться его! Я должна стесняться, краснеть, стыдиться своих синяков и полос, но этого нет. Я просто не хочу ни бояться, ни стыдиться, а стеснение куда-то делось само по себе. Как будто Сашка действительно мой брат, знающий меня с детства! Но это же не так! Что происходит, что?

Он одевает меня очень бережно, при этом я понимаю, что у Сашки с детьми опыт явно был. Потом расспрошу его, а пока буду просто наслаждаться тем, что и как он делает. Сашка как-то обходит эрогенные зоны, даже не пытаясь меня возбудить, правда, он не знает, что я не возбуждаюсь, но ведёт себя так, чтобы я не почувствовала себя некомфортно. Боже, о чём я думаю, лёжа перед мужчиной без трусов! Только, похоже, этот мужчина какой-то очень особенный...

— Ну что, будем кушать? — предлагает он мне, закончив с платьем.

— Обними меня ещё раз, пожалуйста, — прошу я его, на что Сашка просто кивает.

Его объятия такие ласковые, я просто не хочу, чтобы он меня отпускал. Неважно, кто я ему, сестра или нет, я просто не хочу, чтобы он меня отпускал, и всё. Если бы я могла, я бы стала маленькой-маленькой, чтобы спрятаться у него в ладони или в кармане. Потому что я совершенно уверена: пока Саша рядом — я в безопасности. Откуда взялась эта уверенность? Я не понимаю…

Оказавшись в кухне, я внимательно смотрю на то, как он готовит завтрак. Саша точно знает, что делает, даже не задумываясь об этом, а я просто смотрю, потому что меня это зрелище просто завораживает. Странно так…

— Тебя больше не тошнит? — интересуется между делом Саша, ловя тарелкой выскочившие из тостера хлебцы.

— Больше нет, — улыбаюсь я. — Наверное, вытошнила весь белок, вот и нечем стало.

Это шутка такая — о составе семенной жидкости, значит. Только пошутив так, я понимаю, что и кому сказала… Мне становится неловко, но при этом я не пугаюсь, а Саша… Он просто улыбается, поддерживая мою шутку. Он совсем не сердится на меня за такое, Сергей бы не стерпел, получила бы я по губам точно… Хорошо, что его больше нет. Я не желала ему смерти, но я просто счастлива, что его нет рядом.

Во время завтрака Саша посматривает за мной, рассказывая новости. Новостей немного, потому что это Швейцария. Скоро выборы, но нас они пока не касаются —

документы не готовы. Собираются пустить вторую нитку канатной дороги на Маттерхорн — это та самая большая гора, что из окна видна. А ещё нам нужно будет съездить за мобильными телефонами, но, наверное, завтра, потому что сегодня мы ещё акклиматизируемся. Ну, это Сашка так шутит. И я чувствую себя так легко-легко, как никогда ещё не чувствовала… Наверное, это счастье.

# Глава тринадцатая

АЛЕКСАНДР ТИХОНРАВОВ

После завтрака я задумываюсь. Лилька выглядит счастливой, при этом ничего не пугается, что тоже странно, так просто не бывает. Или что-то для себя решила, или... я не понимаю. Тем не менее решаю взять её с собой в аппаратную. Что-то мне подсказывает, что это будет правильно.

— Сейчас мы спустимся в подвал, — сообщаю я ей, оценивая реакцию.

— А зачем? — интересуется девушка. Сейчас она похожа на любознательного ребёнка. Страха по-прежнему нет, только любопытство. Очень странно.

— Не хочу тебя одну оставлять, — объясняю ей. — Ну что, согласна?

— Согласна, — радостно улыбаясь, кивает сестрёнка. — С тобой — куда угодно.

— Ну пошли тогда, — глажу её по голове, после чего мы отправляемся в подвал.

Так просто не бывает. Такое доверие, отсутствие страха после всего, что с ней сделали — не может такого быть даже теоретически, но оно есть. Лилька просто мне доверяет — и всё, как будто мы с детства друг друга знаем. Но ведь это же не так! Здесь какая-то странная загадка, которую ещё предстоит раскрыть, потому что невозможные сюрпризы называются чудесами, а в чудеса я не верю.

Спустившись вниз, я вижу, что стена так и не закрылась, поэтому мы сразу же попадаем в коридор. Лиля с интересом оглядывается, но страха по-прежнему не испытывает. Как такое вообще возможно — за одну ночь такие изменения? Нет ответа на этот вопрос. Я завожу коляску в аппаратную, от её вида сестрёнка только ахает, ну и всё, больше никакой реакции.

Я же осматриваю зал более внимательно. Подойдя к большому экрану, вижу силуэт ладони справа от него. Помню, был фильм, в котором прикладывали руку к такой вот штуке. Пожав плечами, прикладываю ладонь к силуэту, но сразу же отдёргиваю, почувствовав укол. Осматриваю руку — вроде бы никаких повреждений… Током, что ли, ударило?

— Саша, смотри! — слышу я голос сестрёнки, оглядываюсь, но ничего не вижу, а Лилька показывает куда-то пальцем. — Ну смотри же!

Проследив взглядом направление, в котором она показывает, я замечаю, что большой экран изменил свой цвет. Но вблизи мне ничего не видно, поэтому я делаю несколько шагов назад. Теперь заметно, что экран будто разогревается — появляются какие-то линии, точки, круги. Затем всё исчезает, и прямо в центре экрана обнаруживаются две фигуры в чем-то серебристом. Приглядевшись, я узнаю…

— Папа?! Мама?! — ошарашенно восклицаю я. Такого вот точно не ожидал.

— Здравствуй, сынок, — спокойно говорит папа. — Раз ты здесь, значит, мы считаемся умершими. Не торопись считать так же, скорее всего, в момент опасности для жизни мы были эвакуированы.

— Эвакуированы? — чувствуя себя в полном… удивлении, переспрашиваю я.

— Мы родились не на Земле, — сообщает мне такой родной человек. — Как и ты на самом деле. Очень многое из того, что ты о себе знаешь, происходило только в твоей памяти. Но дело в другом.

— Сыночек, прости нас за то, что оставляем тебя одного, — тихо произносит мама. — Скорей всего, у нас просто не было выхода, но мы обязательно увидимся.

Я при этом чувствую себя странно — как будто фантастический фильм смотрю, ведь такого не может быть. Или… может? Впрочем, папа не закончил, поэтому надо его внимательно выслушать. А папа замолкает, как будто даёт мне возможность прийти в себя.

— Сынок, цивилизация Аэлия потеряла своего ребёнка, — произносит отец, по-прежнему создавая у меня ощущение фантастического фильма. — Ребёнок вывалился на темпоральной спасательной капсуле где-то в этом регионе. Так как Земля в регионе — единственная обитаемая планета, то он появится в пределах двадцати лет. Выглядит потеряшка девочкой от трёх до десяти лет, скорей всего, будет неодета и не будет знать языка. Наша задача — найти её, пока не случилось ничего непоправимого.

— Ты рано или поздно притянешься к этому ребёнку, Саша, — вступает мама в разговор. — У тебя редчайший дар Хранителя, поэтому у девочки ты вызовешь ощущение безопасности и доверия.

— Может, я с ума сошёл? — наверное, это прозвучало жалобно, потому что Лиля мотает головой с какой-то странной улыбкой на лице.

— Девочка сместилась в пространстве и во времени, сын, — перехватывает инициативу отец. — Поэтому мы не знаем, когда она появится, но найти её необходимо. Как только у тебя это получится, надо будет…

Дальше следует подробнейшее объяснение, как добраться до совершенно определённой пещеры, что там сделать и как запустить какой-то «сааварн». Что имеется в виду, я не понимаю, но инструкции запоминаю, хотя мне и кажется, что я окончательно сошёл с ума, ведь всего этого просто не может быть, это фантастика какая-то!

— Взрослая особь цивилизации Аэлия выглядит так, — сообщает папин голос, а на экране появляется вполне такой себе эльф, как их в книгах Толкиена изображали — высокий рост, острые уши, тонкие руки-ноги, в общем, понятно. Я в это время представляю такого ушастого ребёнка, появившегося где-нибудь на Земле. Представляется плохо. — До совершеннолетия дети выглядят так же, как и люди, — добивает меня папа. — Вся информация…

Он инструктирует меня, как включить компьютеры в аппаратной, как искать информацию и переводить её на русский язык. Я ошарашенно слушаю, потому что подобного вообще никак не ожидал. К тому, что родители у меня — инопланетяне, жизнь меня не готовила. Но почему-то хочется им поверить. Другой вопрос — где теперь искать этого самого ребёнка? И что именно делать, если найду… Ладно, с этим разберусь позднее.

— Мы очень надеемся на тебя, сын! — заканчивает отец, и затем родители хором произносят: — Во имя равновесия!

Экран гаснет, я же чувствую себя… сложно. Ощущение такое, что я внезапно стал героем фантастической книги или фильма, причём против своей воли. Какой адекватный человек сможет поверить во всё, услышанное мной только что? Я бы не смог, но почему-то верю. А раз верю, то нужно включить один из компьютеров и получить информацию — и о родителях, и о ребёнке цивилизации Аэлия, и о том, что здесь вообще происходит.

Я подхожу к Лильке, чтобы обнять и погладить её, отмечая задумчивость сестрёнки, и вот тут у меня начинает складываться картинка. Зелёные глаза, детдом, до которого она ничего не помнит, необъяснимое доверие… Лиля? Да нет, не может такого быть! Но родители сказали, что я «притянусь», что бы это ни значило, значит…

## ЛИЛИЯ НАЙДЁНОВА

Почему я ему так доверяю? Ведь я доверяю, а не должна же вроде, но я… не хочу об этом задумываться, и всё. Саша берёт меня с собой в подвал, а я даже не пугаюсь! Вот как так? Должна же испугаться, мало ли что у него там в подвале! Но я чувствую только любопытство, как будто действительно стала очень маленькой девочкой.

А та-а-ам! Там зал, на космический похож, на экране появляются двое взрослых и начинают втирать Сашке что-то про инопланетян. Я не особо слушаю, потому что осматриваю зал и пытаюсь понять, почему ощущаю «брата» действительно братом. Какие-то экраны с толстыми клавиатурами непонятно для чего, ещё что-то, пульт, усыпанный кнопками, но вот в этот самый момент на экране появляется…

Я видела его! Ну, не точно его, но очень похожего. Во сне, где были двое, они были именно такими! Откуда на экране взялся мой сон? Я начинаю прислушиваться, но понимаю только то, что где-то пропал ребёнок, и нужно его найти. Но при чём здесь мой сон? Экран гаснет, а я всё ещё ничего не понимаю, но тут ко мне подходит… брат. Я чувствую его близким, чувствую и ничего не хочу с этим делать. Пока он рядом, ничего случиться не может, я точно это знаю.

— Лиля, — обращается ко мне Сашка с очень задумчивым лицом. — А как ты в детдом попала?

— Не знаю, — честно отвечаю я. — Говорили, что нашли меня голую на улице, но я себя только с двенадцати лет помню.

— Значит… — становится ещё более задумчивым брат. — Поправь меня, если ошибусь. Ты появилась голой в возрасте примерно двенадцати лет на улице, о себе не знаешь ничего, глаза у тебя зелёные, при этом рядом со мной чувствуешь себя в безопасности. Так?

— Да, — согласно киваю я. — А что?

— Получается, это о тебе отец говорил, — отвечает

мне Сашка, гладя по голове. — Ну, это если я с ума не сошёл, конечно.

— Наверное, не сошёл, — говорю я ему. — А что мы делать будем?

— Как планировали, — хмыкает братик. — Сейчас посмотрим информацию, а потом пойдём обедать, и вообще сегодня — точно отдыхать. А завтра съездим в магазин и новости узнаем.

— Ага, — важно киваю я, но не удерживаюсь и хихикаю.

Мне очень легко на душе. О только что услышанном думать не хочется, у меня брат есть, он со всем разберётся. А я будто становлюсь какой-то маленькой, но это меня совсем не пугает, а заставляет улыбаться. Сашка улыбается мне в ответ, но мы никуда пока не идём, потому что я обнимаю его поперек корпуса, где достаю, и так мне спокойно, как никогда не было.

Затем брат, конечно, отправляется к одному из тех странных компьютеров, что-то с ним делает, и по зелёному экрану начинают бежать строчки. Сашка что-то набирает на клавиатуре, а потом вчитывается в написанное, чему-то кивает, о чём-то думает, но я ему не мешаю, а только обнимаю сидящего брата, ощущая просто неописуемый покой в душе.

Я не думаю о том, что мы только что услышали. Какие-то инопланетяне, какой-то ребёнок... Для меня важнее всего мой Сашка, потому что я его чувствую именно своим. Куда-то вдруг исчез страх и паника, но я не хочу их возвращения, а ещё же надо посмотреть, как всё заживает, потому что боль стала меньше, но она всё равно есть. Значит, ещё надо будет попросить Сашку меня осмотреть.

— Так, я понял, — кивает брат, откинувшись на спинку стула. — Пошли кушать, — командует он, вставая и берясь за рукоятки коляски.

— А что ты понял? — интересуюсь я, потому что любопытно же.

— Я понял, что попал в фантастический фильм, — объясняет мне Сашка. — Ну и ты вместе со мной. Мои родители — какие-то инопланетные следователи, я — вообще неизвестно кто, и наша задача сейчас — пообедать.

— Интересно как! — хихикаю я, поняв, что брат шутит. — Я маленькая какая-то, — констатирую факт.

— Это бывает, — отвечает мне он. — Когда хорошие девочки попадают в безопасность после смертельной опасности, у них бывает.

— А я — хорошая девочка? — удивляюсь такой постановке вопроса.

— Самая лучшая, — подтверждает улыбающийся Сашка. — Пойдём, инопланетная моя.

— Саш, а как на экран мой сон попал? — интересуюсь я, когда мы поднимаемся наверх.

— Наверное, чудом, — произносит брат, поворачивая на кухню. — Сегодня мы с тобой будем есть национальное швейцарское блюдо — фондю!

Что такое «фондю», я, конечно же, знаю, но вот то, что оно швейцарское национальное, впервые слышу. А Сашка ставит на стол кастрюлю специальную на спиртовке, чтобы подогревать сыр, выдаёт вилочки и расставляет тарелки с тем, что в сыр макать будем. Даже мои любимые оливки! Откуда он знает? Наверное, потому что он — мой брат, он всё и знает.

Я насаживаю оливку на вилочку, потянувшись к посудине с сыром, а Сашка начинает с хлеба. Через мгновение мы, улыбаясь и делясь впечатлениями, едим это удивительное блюдо. Сашка столько историй знает! И про фондю, и о том, какое оно бывает, — оказывается, не только сырное! И ещё о горах вокруг… Он рассказывает, а я временами забываю даже прожевать — так интересно мне. И тогда Сашка напоминает мне о кусочке, с которого капает сырная масса. Мы хихикаем, а себя чувствую просто необыкновенно. Наверное, так себя чувствуют, когда дома…

Господи, я и не представляла себе, что так может быть! Со мной такого не случалось никогда, поэтому я даже и не знаю, как правильно описать это ощущение. Покой, безопасность, тепло… Всё это вместе, и ещё такое чувство, что плакать хочу, но не от боли или грусти, как обычно, а совсем по-другому. Не знаю, как объяснить, что я сейчас чувствую.

Обед заканчивается, а вот это щемяще-тёплое ощущение из души никуда не уходит, поэтому я улыбаюсь. Мне хочется улыбаться и не хочется ни о чём думать, поэтому я и не думаю. Сашка громко удивляется, обнаружив телевизор, мне тоже становится интересно, поэтому мы едем к большому пузатому ящику с выпуклым экраном. Интересный телевизор, выглядит больше, как магнитола, но раз брат сказал, что это телевизор, значит, так оно и есть.

Сашка что-то нажимает, сначала появляется звук, а потом и изображение. Краски чуть размыты, но это, наверное, потому, что он долго без дела стоял. Речи я не понимаю, а на экране полицейские кого-то куда-то ведут. Сашка начинает улыбаться ещё активнее, наверное, в телевизоре что-то весёлое говорят. Ну и что, что я пока не понимаю, зато я вижу картинку и обнимаю братика. От этого мне очень-очень тепло…

# Глава четырнадцатая

## АЛЕКСАНДР ТИХОНРАВОВ

Уложив счастливую Лильку спать, я возвращаюсь в аппаратную — знакомиться с информацией дальше. Интересно то, что я Лильку именно как ребёнка воспринимаю, а ещё — как-то слишком быстро я поверил в то, что услышал в записанном сообщении родителей. А ведь с записью в нашем мире много чего сделать можно... Почему же я верю так, как будто уже слышал это? Хотя, может, и слышал...

Итак, что нам известно на данный момент? Цивилизация Аэлия потеряла ребёнка. Судя по написанному, произошла какая-то авария, в результате чего дитя было эвакуировано некоей «темпоральной капсулой», что бы это ни значило. А вот сейчас я посмотрю, что это значит... Набираю запрос, внимательно вчитываясь в ответ.

Итак, это метод спасения, не считающийся безопасным, потому что спасаемый приобретает вид, оптимальный для выживания, по мнению какого-то там разума, видимо, компьютера. Но возраст физический и психологический разнятся, что логично. Хотя по Лильке не скажешь, что её возраст был оптимальным — девчонка такой ад пережила… Что интересно — не всё ладно и с моим возрастом, он «адаптированный», как здесь написано. Что это значит, я тоже пока не понимаю, впрочем, это и неважно пока.

Дальше… Родители мои — какие-то космические розыскники, к тому же не факт, что они мои действительные родители, но об этом я думать не буду, хватит мне и текущих проблем. Что у нас по девочке? Пропавшая девочка с интеллектом, соответствующим… Сколько?! М-м-мать! Получается, годовалый возраст. Допустим, это Лилька, ну, этот самый потерянный ребёнок. Получается, ей сейчас лет десять-одиннадцать? Тогда понятно, отчего она ребёнком воспринимается… Но это ещё означает очень нехорошие вещи, с которыми мы ещё столкнёмся. А может, всё-таки не она?

Ладно, что там со мной? Моё тело адаптировано, как и разум, что означает… Расплывчатые формулировки это означает. Но вот вспоминая, как всё произошло, можно выстроить такую последовательность недавних событий… Покойный муж сильно избивает Лильку, причём, насколько я понял, в два этапа, при этом во время второго обращается с ней, как бешеный зверь. Судя по всему, не возбудитель с водкой, а что-то другое ему подсыпали. Зачем? Например, убил бы он Лильку, тогда возникли бы проблемы, в том числе и по бизнесу. Ему бы предложили решить вопрос… Может такое быть? Вполне, времена нынче… специфические. Ладно, не суть важно. Он избивает Лильку, её жизнь в опасности. При этом у неё откуда-то появляются силы двигаться, чтобы уехать. Интересно? Очень, учитывая последствия, потому что такого не бывает. Далее, она стремится в Швейцарию, и как раз в это время меня экстренно срывают с места. Можно ли это назвать совпадением?

Кстати, а что такое это «притягивание», о котором мне сказали? Я снова вбиваю запрос, совершенно забыв о времени. Конечно, предположение, что Лилька может и не быть той девочкой, имеет свою логику, но интуиция говорит… В общем, нужно нам двигаться именно туда, куда указали пальцем, что осложняется ещё одной проблемой — сестрёнка не ходит. Правы местные доктора о причинах этого явления или нет, мы этого не узнаем, но вот сам факт… А нам подниматься в горы, искать это чудо спелеологии — пещеру, значит, и неизвестно, сколько времени передвигаться в ней. Что делать?

Не надо забывать и об астероиде. А если он бумкнет, что делать будем? Вот то-то и оно…. Получается, нужно нам шевелиться в том направлении. Всё-таки как узнать, та девочка Лилька или нет? Может быть, компьютер знает? Ну, вобьём за… а это что такое? Ответ на предыдущий запрос! Ага…

Ответ несколько шокирует, потому что «притягивание» означает манипуляцию пространства и времени. То есть фантастика сплошная. В ответе описывается процесс изменения неких непонятных мне факторов для максимального повышения вероятности встречи. О том, что, если цивилизация может такое, то как они умудрились потерять ребёнка — я не задумываюсь, потому что в ответе указываются независящие от разумных силы. То есть, другими словами, виноват мой «дар», что бы он ни значил.

Так всё же, как определить, что Лилька — именно та, кого я ищу? Всё-таки странно я воспринимаю происходящее. По идее, должен же сомневаться в собственной адекватности и вообще топать к психиатру, а вместо этого я проясняю вопросы и подробности задания. Может, я во сне? Да нет, вряд ли… Не верится мне, что я во сне, вот что. Значим, принимаем эту фантастику за рабочую версию и топаем спать. Поздно уже.

Завтра надо будет еды купить, связью озаботиться и к адвокату заглянуть. Несмотря на то что это всё вряд ли понадобится, делать надо. Хорошо, хоть бандиты из России — уже не проблема, судя по вечернему блоку новостей. Это я телевизор вечером включил. В коротком репортаже сообщалось, что доблестная полиция задержала вооружённого человека в том самом отеле, где останавливались мы, когда он собирался продырявить ни в чём не повинное одеяло. В общем, киллер во всей красе, да ещё и признавшийся в том, что хотел сделать. То есть легенду Лильки подтвердил полностью. Неожиданно и приятно.

С этими мыслями я отправляюсь спать, по какому-то наитию заглянув в комнату сестры. Двойственное у меня отношение. С одной стороны, это ребёнок, значит, никем, кроме сестры, быть не может, с другой — никакую другую девушку на её месте я себе не представляю. Ладно, после разберёмся, сейчас поспать надо, только вот поспать не получится: мечется в кровати Лилька и плачет тоненько, как ребёнок…

Сгребаю её с одеялом, сажусь и кладу сестрёнку себе

на колени, придерживая руками. Глажу по голове, отчего она, не просыпаясь, успокаивается. Перестаёт плакать, появляется улыбка, а затем Лилька поворачивается на бок, сразу же обняв меня, как плюшевого мишку. И — будто не было тихого визга и слёз, моя хорошая крепко спит.

Это, кстати, очень необычно, такое поведение. Может быть, действительно то самое «притяжение», но я точно не против. Если психологически Лилька откатилась на десять лет или развилась на тот же возраст, то ей это просто необходимо — уверенность в будущем, кто-то надёжный рядом, а мне необходима семья. Кто бы что ни говорил, но мне нужен кто-то рядом, устал я один. К тому же эту чудесную девочку не любить просто невозможно, поэтому пусть будет. Чтобы не потревожить сладко спящую сестрёнку, я опираюсь спиной о стену и дремлю... Устал, надо отдохнуть, а утром посмотрим, что и как будет.

## ЛИЛИЯ НАЙДЁНОВА

Просыпаюсь я медленно, чувствуя что-то тёплое рядом. Открыв глаза, понимаю, что обнимаю Сашку, лёжа у него на коленях. Ой... Наверное, мне ночью что-то снилось, и братик меня успокаивал. Я какая-то маленькая совсем, но при этом, кажется, полностью ему доверяю. Вот как такое может быть? Я совсем себя не понимаю, пытаюсь заставить себя испугаться, отцепиться и понимаю, что не могу. Отцепляться я не хочу, кстати, потому что мне очень хорошо лежать так, даже, кажется, всю жизнь бы так пролежала, а страха нет, просто совсем никакого.

— Проснулась, — слышу я Сашкин голос, а его тёплая

ладонь гладит меня по волосам так мягко-мягко, что пищать хочется от эмоций.

— Проснулась, — подтверждаю я и, всё-таки отцепившись, разворачиваюсь на его коленях, чтобы взглянуть в лицо такого близкого мне человека. — Страха совсем нет, — сообщаю ему, на что братик ласково улыбается.

— Вот и хорошо, — кивает он. — Тогда мы с тобой одеваемся, умываемся, кушаем и едем по делам.

Господи, сколько в нём ласки! Я чувствую себя буквально завёрнутой в его тепло, отчего мне не хочется даже шевелиться. Но Сашка прав — нас ждут дела, поэтому надо подниматься. Я сажусь, но головокружения совсем нет, как будто оно мне приснилось, и боли ещё нет, что ещё более странно, потому что всего ничего времени прошло, не могло у меня зажить всё.

— Саша, посмотри на меня сзади, — прошу я брата, прильнув к нему.

— Сильно болит? — становится он сразу же очень серьёзным.

— Совсем не болит, — признаюсь я. — И это очень странно, понимаешь?

— Буду тебя переодевать, рассмотрю, — улыбается он мне. — А сейчас пока в душ, сама справишься или...

— Давай сама попробую, — соглашаюсь я.

Мне очень приятны его прикосновения, что тоже необычно, но стоит вспомнить, что я большая и попу помыть могу самостоятельно. Всё-таки совсем малышкой становиться просто страшно, хоть и нет у меня страха сейчас, но я помню это ощущение абсолютной беззащитности и снова его испытывать просто не хочу. Сашка это, кажется, понимает, потому совершенно спокойно отвозит меня в душ, где я избавляюсь от ночнушки, привставая на стуле.

Странно, нет ни слабости, ни головокружения, а видимые мне следы на теле выглядят так, как будто я неделю пролежала. Интересно, отчего это? Ещё братик меня осмотрит, и тогда узнаем. Мне очень хочется называть Сашу именно «братиком», по-моему, это очень ласково звучит, и я так и называю, потому что — почему бы и нет?

Выкатившись из ванной, падаю на кровать, заметив Сашину улыбку. Ощущение полной безопасности затапливает меня, как будто я в море нырнула. Никогда такого всеобъемлющего чувства не испытывала и вот сейчас чувствую себя так, что хочется визжать. Но визжать я пока не буду, наверное.

Брат мягко поворачивает меня на живот, отчего руки сами, без моего участия, сразу же закрывают пятую точку. Саша тяжело вздыхает, но не отводит в стороны мои ладони, а поворачивает тело на бок, отчего я сразу же расслабляюсь. Ему так смотреть не очень удобно, но он не жалуется. А почему, кстати? И почему я так закрываюсь? Меня же давно уже не били, Сергей впервые только недавно, и всё, а я закрываюсь, как будто меня лупят каждый день… Странно.

— А почему ты меня повернул? — интересуюсь я у братика.

— Чтобы ты не плакала, — объясняет он мне. — Хватит тебе стрессов на самом деле.

— Ой… — он такой заботливый, просто и не рассказать, какой!

— Да, а вот такого не бывает, — хмыкает Сашка, перевернув меня на спину. — Выглядит всё, как будто недели две прошло… Интересно, отчего такая скорость заживления?

— Может быть, это твоя магия? — спрашиваю я в шутку, а вот брат хмурится, явно что-то вспоминая.

— Ладно, потом разберёмся, — чему-то кивает он, одевая меня.

Я понимаю, что уже могу сама, но… не хочу. Мне очень приятны его прикосновения. Никогда такого не было, даже с мужем, я просто чувствовала боль или совсем ничего, а тут… Причём мне хочется не раздвинуть ноги, а наслаждаться, как будто он меня гладит, а я — маленькая девочка. Странные у меня ощущения, непонятные мне совершенно. Сейчас Саша меня утащит вниз, мы будем завтракать — ну, наверное.

Братик готовит завтрак, я наблюдаю за ним, думая о том, что уже, наверное, и встать смогу, но не буду, пока Саша не скажет, потому что он знает, как правильно, а я — послушная девочка. Мне моя маленькость совсем не мешает, и ему, кажется, тоже. А что у нас на завтрак?

А на завтрак у нас вкусная запеканка из картошки, которую Саша сооружает буквально за несколько минут, и ещё себе кофе и чай мне. Я кофе тоже люблю, но не возмущаюсь, потому что братик же сказал, что так правильно, значит, правильно, и нечего думать. Вот интересно, почему я не допускаю вероятности предательства с его стороны? Может быть, это потому, что если он предаст, то я просто умру, и всё. Да, я думаю, так и будет. Поэтому и не надо о таком много думать, а то сердце может заболеть.

— Сейчас мы сначала в магазин заедем, — сообщает

мне Сашка. — Надо купить поесть, особенно йогуртов для тебя. На недельку закупимся, а потом телефоны купим, чтобы связь была.

— А мне зачем? — удивляюсь я, потому что я же одна не останусь.

— Потому что так правильно, — отсекает все мои возражения Сашка. Он такой! Такой!

— Как скажешь, — соглашаюсь я, покивав. Ну, ему же виднее!

Когда мы доедаем, Сашка накидывает на меня шубу, а потом вывозит во двор. Везде лежит снег, даже машина припорошена, несмотря на то что под навесом стоит. Очистив дверь, братик сажает меня внутрь, сразу же пристегнув. Это забота, ну и правильно ещё, потому что здесь полагается пристёгиваться.

Сразу Сашка не садится, сначала он чистит машину от снега, а внутри в это время печка работает — разогревает салон, чтобы не холодно было. Затем Сашка прыгает за руль, щёлкает замком ремня, и в следующее мгновение большущий джип[1] двигается с места. Осторожно вывернув направо, Сашка ведёт его по шоссе, где машин почти совсем нет. Это меня немного удивляет, но я молчу, не желая его отвлекать от управления. Тихо мурлычет радио, и мне кажется всё вокруг каким-то... правильным, что ли? Мне кажется правильным всё, что вокруг происходит, как будто так было всегда.

Очень хочется, чтобы так было всегда. Я, наверное, на всё-всё согласна ради этого!

# Глава пятнадцатая

АЛЕКСАНДР ТИХОНРАВОВ

На мой взгляд, Лилька и вправду демонстрирует слишком быстрые темпы заживления, а это означает, что факт установлен. Было же написано, что рядом с Хранителем ускоряются все процессы заживления. Значит, получается, Лилька и является тем самым потерянным дитём, инопланетная моя девочка. Кроме этого факта всплывает ещё один сюрприз — она действительно маленькая, несмотря на то что выглядит на все двадцать. Значит, будут ещё психологические проблемы, а то я детей войны не видел…

Тогда планы немного меняются. Еду мы, разумеется, купим и ещё пару дней посидим дома — готовиться будем, а затем нужно будет и спелеологией позаниматься. Судя по сообщениям по радио, астероид всё ближе, так что уже есть планы попытаться его расколоть ядерным оружием. Ну, это в фильмах всё красиво и хорошо выглядит, в реальности, боюсь, сказка будет другой. Впрочем, нам это не так важно, ребёнка действительно надо вернуть родителям, а что будет со мной, мне думать лень. То есть — там увидим, хотя интуиция говорит, что всё хорошо будет.

Пока движемся по плану: супермаркет, салон мобильной связи, адвокат. Только теперь покупаем не разносолы, а продукты, которые можно использовать при длительном хранении. Кто знает, что нас ждёт в пещере, да и найдём ли мы то, куда нас послали. Надеюсь, что найдём… Вот и супермаркет. Поворачиваю на парковку, затем, подумав, на специальное место для инвалидов. Удивившийся сотрудник парковки при виде моего «танка» уже целенаправленно движется ко мне, чтобы задать логичный вопрос, но тут я достаю из багажника коляску, и вопросы исчезают. Кивнув мне, мужчина разворачивается в другую сторону. Я же занимаюсь сестрёнкой.

Лилька ведёт себя действительно как ребёнок, и чем дальше, тем более это заметно. С чем это связано, я не очень понимаю — откат в ощущении собственного возраста не останавливается, что не очень нормально, но я не психиатр, поэтому работаем с тем, что имеем. А имеем мы ребёнка в коляске, значит, что нужно сделать? Снимаю со стойки леденец на палочке, снимаю обёртку — её сохранить надо, чтобы на кассе пробить, а вот леденец получает Лиля.

Первая реакция — удивление, но потом улыбка, согласное кивание, и вот уже сестрёнка занимается конфетой, пока я прохожу по рядам. Колбасы, овощи и простые, и консервированные, фрукты обязательно, особенно консервированные. Кто знает, где и сколько времени мы проведём… Заодно прислушиваюсь к разговорам.

Швейцарцы делятся мнениями, разносят слухи, обсуждают события. И вот что-то мне не нравится в том, что я слышу. Во-первых, приезд большой группы туристов, которые сидят в отеле, а не лазают по горам, во-вторых, странное поведение гостиничного персонала, будто бы чем-то испуганного, а в-третьих… Полиция большей частью в городе отсутствует в связи с какими-то учениями. Странно? Да ещё как!

Выходя из магазина, внимательнее смотрю по сторонам, пытаясь заметить неправильности, но вроде бы всё в порядке. Не вижу я никаких отступлений от обычной жизни туристического города. Интересные слухи, просто очень интересные. Если гости по нашу душу, то у меня впереди бой, а вот если нет, то совсем ничего не понятно. Как бы проверить эти самые слухи?

Можно затаиться на сутки-двое, можно попытаться идти прямо сейчас. Какое решение будет правильным? Мыслей просто нет, как и идей, поэтому пока едем домой. Там будем разбираться, ну и вооружаться, конечно. Мобильная связь нам сейчас больше помешает, чем поможет, потому что регистрируется индивидуально по документам, то есть оставляет след. Следы нам сейчас совсем не нужны…

— Телефон завтра купим, — сообщаю я Лиле, после чего спокойно выезжаю с парковки. Пакеты с продуктами я, конечно, просто покидал в багажник, как было, ну да дома разберёмся…

— Хорошо, братик, — кивает мне занятая леденцом сестрёнка. — Домой?

— Домой, — соглашаюсь я, поглядывая по сторонам.

По какому-то наитию, несмотря на дневное время, на

выезде из города включаю дальний свет, чтобы потом сразу выключить его, но вот кого-то, стоявшего на выезде из города, я явно ослепил, успев его хорошо рассмотреть. Теперь восстанавливаю картину в памяти и оцениваю встреченного... Зеркало заднего вида говорит мне, что мой трюк повторяют ещё несколько машин, видимо, посчитав, что так надо.

Итак... Мужчина в плаще, выправка в наличии, плащ — одежда несезонная, зато отлично скрывает оружие. Что это значит? Боевики или какая-то специальная группа? А почему выведена полиция? Не складывается. Разве что это действительно по нашу душу, и боевая группа принадлежит местной контрразведке. Может такое быть? Пожалуй, нет, их за такие дела не пожалеют. А что тогда?

Поворачиваю во двор дома, отметив то, что не заметил в прошлый раз — ворота за машиной медленно закрываются. Причём, что характерно, сами. Значит, и такой механизм здесь есть. Ну так всё же, что делать? Я выхожу из машины, вынимаю Лильку, а сам пытаюсь вспомнить, от кого услышал именно эту новость. Слух, значит... И как-то не вспоминается мне.

— Посиди тут, — прошу я сестрёнку. — Я сейчас продукты перекидаю, а ты пока воздухом подыши.

— Спасибо, братик, — солнечно и совсем по-детски улыбается мне она.

Я вынимаю пакеты с продуктами и раздумываю на тему услышанного. Чем дольше я раздумываю, тем больше кажется мне, что это туфта. Ну вот, допустим, ищут кого-то, а ресурсов мало, при этом на руках у разыскиваемых имеется девочка в последней стадии паники, так? Так. Как можно заставить их дёргаться? Только убедить в том, что их почти нашли. То есть, скорей всего, туфта, потому что швейцарцы так не работают. То есть сидим спокойно в доме, приведя его к нежилому для внешнего наблюдателя виду — жалюзи опущены, ворота закрыты.

— Пойдём в дом, — мягко предлагаю я сестрёнке, сразу же с готовностью мне кивнувшей.

Всё-таки, кто бы что ни говорил, всё услышанное — туфта, причём рассчитана она совсем не на меня. Она, получается, на Лильку рассчитана. Ищут её, не учитывая то, что девушка уже не одна. Хотя даже если учитывать — она запаникует, задёргается от таких слухов и как-нибудь себя выдаст. Логично? Логично, по-моему. Ну, это если я всё правильно просчитал, а если нет? Буду готовиться к обоим вариантам, оружия у нас тут хватит на небольшую победоносную войну, так что в любом случае отобьёмся.

Так и решим — приводим дом в режим круговой обороны, включаем телевизор и ждём у моря погоды.

## ЛИЛИЯ НАЙДЁНОВА

Сашка какой-то напряжённый был после магазина, а дома расслабился, повёз меня не в комнату, а в подвал. Наверное, ему надо что-то ещё почитать, а я не против, у меня конфета есть. Она очень вкусная и мне нравится, а ещё нравится забота братика. Меня совсем не заботит то, что я себя веду не как взрослая, как будто так и надо. Ну, мне кажется, что так правильно себя вести.

— Посиди здесь, пожалуйста, — просит меня Сашка. — Я вернусь через несколько минут.

— А ты не уйдёшь? — сразу же интересуюсь у него.

— Нет, маленькая, — отвечает он мне, погладив по голове.

— Тогда ладно, — соглашаюсь я. — Только недолго, хорошо?

— Даже соскучиться не успеешь, — улыбается мой братик и сразу же исчезает.

Я занимаюсь леденцом и раздумываю. Мне кажется, что прошлая жизнь, детдом, Сергей, бандиты — всё это было просто страшным сном, а я всё это время жила с Сашкой, наверное, даже здесь. Мне не хочется думать о том, что будет дальше, я согласна на всё, только бы братик был рядом. Нет других мыслей, вот просто совсем.

Возвращается он, кстати, очень быстро, и сразу же вслед за этим начинает что-то жужжать. Оживают экраны странных компьютеров слева от меня, какие-то огоньки пробегают по кнопкам пульта.

— Ага, — произносит Сашка, усаживаясь за клавиатуру. — Так я и думал.

— А что ты думал? — спрашиваю его, заинтересовавшись.

Братик, не вставая, подтягивает мою коляску поближе к себе, чтобы и мне был виден монитор. На нём — кусок шоссе с проезжающими машинами. Сашка внимательно смотрит в монитор, затем начинает улыбаться. Интересно, а почему он улыбается?

— Этот монитор показывает, что делается за оградой, — объясняет мне Сашка. — В случае, если кто-то чужой попытается залезть, мы узнаем.

— Ты что-то услышал в магазине, да? — догадываюсь я.

— То, что я услышал... — братик задумчив. — Это

рассчитано на то, чтобы напугать тебя или кого-то, у кого нет опыта. И это говорит о том, что опасности нет, но бережёного и Бог бережёт.

Продолжение этой поговорки я знаю, слышала, но молчу. Значит, кто-то хочет напугать меня, чтобы я куда-нибудь побежала, но у меня есть братик, и он меня защищает. Зна-а-ачит… Нечего нервничать, потому что ничего случиться не может.

— Я поняла, — киваю ему. — И что сейчас будет?

— По идее, — отвечает мне Сашка, — здесь должны быть и спальные места. Поэтому мы с тобой сейчас пообедаем и пойдём исследовать.

— Ура! — восклицаю я, а потом опять задумываюсь. — Саша, а машина?

— В гараж её загнал, — рассеяно отвечает мне он, что-то доставая из шуршащего фольгой пакета. — А у нас будет кебаб.

— На шаурму похож, — замечаю я, беря тёплую еду из его рук.

— Ну, это мясо точно не мяукало и никого не кусало, — хмыкает братик. — Кушай.

Я послушно ем, а он щёлкает клавишами, переключая картинку на экране. Мне всё кажется обычным, но я же не специалист, поэтому полностью доверяю брату. Сашка хмыкает, что-то тихо комментирует, но я не слышу, что, а потом издаёт удивлённый возглас, начав что-то очень быстро набирать на клавиатуре.

— Что случилось? — интересуюсь я у братика.

— Понимаешь, — не отрываясь от клавиатуры, произносит он, — тут есть режим фиксации зон безопасности. Если начнётся движение в одной из зон, то мы получим сигнал тревоги. Только это совсем не технологии восьмидесятых... Ну, оно и понятно, инопланетяне же.

— Получается, ты инопланетянин? — удивляюсь я, как-то совсем не применив к себе то, о чём говорили те люди на большом экране.

— Ты тоже, — улыбается Сашка. — Так что скоро мы с тобой отправимся в интересное путешествие.

— Саша, а я, кажется, могу встать с коляски, давай попробуем? — предлагаю ему, на что братик опять задумывается.

— После ужина, — наконец, решает он. — Пойдём-ка пока поисследуем...

— Ура! — радуюсь я, получив ещё один леденец.

Мне почему-то очень нравится облизывать его, все мысли пропадают, и становится очень сладко во рту и как-то солнечно на душе. Сашка, по-моему, это понимает, поэтому он везёт меня дальше. Дальше — это налево по коридору. Сначала я вижу только стену, а потом в ней обнаруживаются ещё три двери. Надписи на них сделаны по-русски и ещё на другом языке, полном каких-то треугольничков. Но русский текст я читаю спокойно: «Спальня», «Рекреационная», «Столовая». Мне сразу становится жутко интересно, но я послушная девочка и сижу тихо.

Сашка первой открывает дверь столовой, за которой обнаруживается... кажется, это кухня, но какая-то она странная, немного фантастическая — всё такое округлое и блестит так, что глазам больно. Я решаю, что потом рассмотрю, прикрыв глаза. В «Рекреационной» спортивный городок вполне привычного вида, а ещё какой-то большой телевизор с совершенно плоским экраном.

Сашка что-то бормочет себе под нос и привозит меня в спальню, где обнаруживается только одна кровать, но зато большая, столик и трюмо привычных мне очертаний.

— То есть предполагается, что спать мы будем вместе... — произносит братик.

— Ой, здорово! — радуюсь я этому факту, потому что точно знаю, что Сашка не заставит меня делать ничего из того, от чего меня сейчас почему-то тошнит. — Я тебя обнимать буду! — информирую я его.

— Хорошо, сестрёнка, — соглашается он, сразу же погладив меня. — Но, получается, весь комплекс рассчитан только на нас двоих, что ещё интереснее. Да ещё и длительное проживание?

— Мне всё равно, как долго, — произношу я. — Главное, чтобы с тобой...

Сашка меня обнимает, присев на корточки рядом с коляской, а я обнимаю его. Затем он садится на кровать и задумывается, а я... мне тоже есть о чём подумать. Почему меня затошнило, когда я подумала о раздвигании ног? Ведь со мной это много раз делали, а теперь, стоит только вспомнить — и сразу волной поднимается тошнота, как будто это что-то противное, отвратительное, неестественное. Странно как...

— Саша... — зову я его, отвлекая от мыслей. — А почему мне кажется противным то, что делал Сергей со мной?

— Потому что ты в безопасности, — объясняет он мне, как-то очень тяжело вздохнув. — И тебе не нужно платить своим телом за эту самую безопасность, понимаешь?

— Понимаю, — киваю я, хотя на самом деле понимаю с трудом.

Значит, получается, я просто платила за то, чтобы меня не убили? А меня всё равно чуть не убили, но зато теперь у меня Сашка есть! А за такого братика можно вытерпеть и намного больше. По крайней мере, мне так кажется…

# Глава шестнадцатая

АЛЕКСАНДР ТИХОНРАВОВ

Интересно как! Целый подземный комплекс, получается, только для нас двоих? Ну и технологии отнюдь не восьмидесятых, но это как раз понятно. С чего бы тут быть земным технологиям, если речь идёт об инопланетянах? Вот устройство системы раннего и позднего оповещение меня радует. Был бы девчонкой — визжал бы от восторга. А пока надо здесь немного обжиться.

Везу Лильку в комнату отдыха, я там телевизор видел, посмотрим, что он может. По идее, неизвестный противник должен сначала ждать результата своей провокации, а не дождавшись, сменить тип воздействия — то есть, например, погромче объявить, что его здесь нет, пытаясь выманить сестрёнку. Почему я думаю, что ловушка рассчитана на неё? Потому что меня могли бы ловить или безопасники, или конторские, а они меня знают — я бы на такое не повёлся. Значит, здесь — точно не наши.

Включаю экран, на котором появляется возможность выбора. Такое ощущение, что у дома есть не замеченная мной «тарелка» — более трёх сотен каналов со всего мира. Взглянув на Лильку, выбираю диснеевский — с мультиками, значит. Откатилась она по возрасту, конечно, очень серьёзно, но при этом мне доверяет абсолютно. Даже родителям так не всегда доверяют, как она мне, вот что необычно.

Впрочем, пока сестрёнка смотрит мультфильмы, причём именно как ребёнок смотрит — не интерпретируя, а погружаясь, я подумаю о том, что мы «имеем с гуся». А «с гуся» мы имеем очень странные вещи — ставшую дитём и полностью доверившуюся мне Лильку, которую я, кстати, изначально ребёнком воспринимаю. Кстати, её тошнит от мысли о половых отношениях, что детскость подтверждает. Дальше, странные телодвижения в городе, странные слухи… Сто-оп! Я дурак!

Услышанная мной фраза была построена не так, как швейцарцы обычно говорят, а совсем даже иначе — на литературном немецком. Значит, неведомый враг был совсем рядом, но при этом ни меня, ни Лильку не узнал. Очень интересно, даже слишком, потому что напоминает поиск «вслепую», значит, это даже не безопасники. Это, скорей, низкопробные бандиты, обсмотревшиеся фильмов про шпионов. Ну, а раз так, то нечего дёргаться.

Что у нас дальше? А вроде бы всё, кроме молчания адвоката, но это норма: паспорт для меня — через пять недель, статус сестрёнкин — минимум три. То есть, ничего не произошло, почему тогда я среагировал, как подросток? Вот если сейчас задуматься, получается, что реагировал я резко, не думая, как раз в духе подростков. Интересно? Ещё как! Вот будет юмор, если окажется, что и я ребёнок. Ну а пока этого не оказалось, нужно подумать, как попасть в мечту спелеолога.

До канатки мы доедем на машине, дальше нас поднимет… Карта в машине была, я покупал. Убеждаюсь в том, что Лилька сильно занята, и решаю сбегать к машине, благо вход в подземный гараж есть и отсюда. Вот выезжать будет интересно, а просто войти в гараж — проблемы нет. Эх, хороша машинка, честно говоря!

Иду к массивной двери, начинаю отпирать клинкеты и только в этот миг понимаю, что сначала стоило бы в глазок посмотреть. Опять, получается, не самое взрослое поведение, что меня, честно говоря, беспокоит. Решаю подумать об этом попозже, а сейчас заняться машиной, точнее, картой окрестностей. Достав её из бардачка, давлю в себе желание сразу же посмотреть, а вместо этого двигаюсь в сторону входной двери.

Или я устал, или расслабился непонятно отчего, но у меня начинает проскакивать подростковое поведение, что совсем нехорошо в нашей ситуации — у подростков гормоны крышу уносят только так, а у нас тут оружия видимо-невидимо. Значит, надо ускорить спелеологическую экспедицию и посмотреть, что в результате будет. Хуже-то точно не будет, куда уж тут хуже-то быть…

Дохожу до комнаты отдыха, сажусь рядом со всё так же увлечённо глядящей в телевизор Лилькой и открываю шуршащий план. Вот, теперь становится яснее. Значит, канатка «А» везёт нас сюда, а вторая — вот в эту точку. Отсюда нам нужно дойти до обзорной площадки, покрасоваться и прогуляться вот до этой точки, где и находится пещера, показанная на карте серым цветом, то есть, «на свой страх и риск», а рядом число двузначное — количество трупов. Очень хорошо. Не трупы, а подход — отход.

Ну, отход нам не пригодится, а подход — подход как раз да. Теперь самый интересный вопрос: по дню или по ночи? С одной стороны, днём комфортнее, и можно смешаться с массой туристов, с другой — в темноте нас просто будет плохо видно. В наличие тепловизоров у бандитов я не верю — не спецназ чай. Значит, имеет смысл по вечернему времени. Запомним как вариант. Завтра понаблюдаю ещё за дорогой и дальними подступами, да и сегодня можно, хотя что я увижу по темени?

Ладно, будет день — будет пища. Как-то слишком активно за Лильку взялись, неужели её муж таким богатым бандитом был? Или же дело не в богатстве, а в зарубежной недвижимости и активах? Если так, тогда действительно нужны реальные доказательства смерти, липа может не прокатить. Но как-то не верится мне в такие вещи. Должна быть другая причина, вот только я до неё не доберусь. Нет у меня таких возможностей — строить полномасштабное расследование.

Кстати, о расследовании — от конторских ни слуху, ни духу. Тоже интересно — ни попытки связи, ни какого-либо шевеления… Фамилия у меня другая, конечно, но на оригинальную тоже ничего нет. Хотя отель я не проверил, спугнули меня. Кстати, вполне подростковая реакция — убежать и спрятаться. Ведь я проделал именно это. Убежал и спрятался, да так, что теперь хрен найдут. При этом у меня ощущение — родители знали, что так и будет. Потому тут и оборудовано такое убежище…

Кстати, об астероиде я ни слова не слышал сегодня. А должны бы говорить, эдакая ж дура зависла над планетой. Интересно, почему в магазине ничего об этом не говорили?

Обнимаю Лильку, сразу же посмотревшую на меня такими глазами... Запечатлелась она, похоже, намертво. То есть мы будем рядом всю жизнь, иначе девочка погибнет. Ну, как-то так один профессор в своей статье писал. Впрочем, пока никто и не отбирает... Надо новости глянуть. Что у нас нового плохого-то?

— НАСА не может объяснить факт исчезновения ракет с ядерной боеголовкой, запущенных в сторону астероида, — сразу же ставит меня в тупик взволнованный голос дикторши. — Однако космический объект будто бы замер в пространстве. Что это? Контакт или же подготовка к оккупации? В нашей студии известный уфолог...

Ясно, шарлатан будет строить версии, ничего интересного, но вот информация, прозвучавшая с экрана, конечно, ошеломительная.

## ЛИЛИЯ НАЙДЁНОВА

Я всё поняла, это такая игра, чтобы было интереснее. Теперь мы тут будем жить, отдыхать и развлекаться, чтобы мне было спокойнее, наверное. Но мне и так спокойно, потому что Сашка же рядом. Мне очень спокойно и даже думать не хочется ни о чём плохом, я и не думаю, потому что братик же защитит.

После телевизора он везёт меня в столовую, ну, в то место, где вокруг всё сверкающее, потому что нужно поужинать. А что мы будем есть? Сашка устраивает меня возле стола, а сам подходит к пузатой такой штуке с чем-то круглым наверху. Он что-то нажимает, затем задумывается, опять что-то нажимает и возвращается ко мне.

— Ну, подождём, — с сомнением в голосе произносит братик.

— А чего мы ждём? — удивляюсь я, сразу же потянувшись обнять его.

— На этой штуке написано, что это автоповар, — объясняет мне Сашка. — Надо только блюдо выбрать. Вот я выбрал, а теперь ждём.

— Ага-а-а-а, — задумчиво отвечаю я.

Никогда раньше не слышала, что такое бывает, но, видимо, братик о таком знает, не зря же он не удивляется совсем? Значит, надо делать, как он говорит, я же послушная девочка. Поэтому я смирно сижу, только обнимаю его руку, потому что мне так комфортно очень, а Сашка гладит меня по голове, и это очень приятно, просто очень-очень.

Через некоторое время раздаётся «дзинь-дзинь!», Сашка освобождает руку из моих объятий, встаёт и идёт к этому «автоповару», а мне уже прямо интересно, что у нас на ужин будет. Хмыкнув, Сашка приносит две тарелки, над которыми поднимается пар. В них кусочки чего-то, пахнущего очень завлекательно. Просто хочется схватить вилку и есть!

— Осторожно, горячее, — улыбаясь, предупреждает меня братик.

— Спасибо, — благодарю его и, подув, отправляю первый кусочек в рот. — А что это?

— Это называется «бефстроганов», — сообщает мне

Сашка, после чего рассказывает историю блюда, да так интересно, что я жевать забываю. Как много он знает!

Я ем удивительно вкусное блюдо, думая о построивших этот дом. Они ведь учли очень многое, даже то, что здесь могут быть дети… Как я? Наверное, мне всё кажется таким удобным, потому что я стала маленькой. А ведь Сашка — большой, значит, ему неудобно? Но он совсем не жалуется, значит, всё в порядке. И эта мысль меня успокаивает.

— Завтра, сёстренка, — произносит Сашка, — мы весь день дома, а вот вечером отправимся на экскурсию. Но прежде всего надо проверить, можешь ли ты стоять.

— Мне кажется, я могу, братик, — отвечаю ему. — Давай проверим?

— Вот доешь, и проверим, — улыбается мне самый лучший братик на свете.

— Ура! — радуюсь я, принимаясь активнее за еду.

Я себя так свободно чувствую, просто и не сказать как, а ещё завтра Сашка обещает экскурсию, и это так здорово! Мне нравится идея ехать с ним куда угодно, да я на всё согласна, лишь бы Сашка был рядом. Поэтому я быстро доедаю и выжидательно смотрю на него, припрыгивая на сиденье коляски от нетерпения. Братик вздыхает, встаёт передо мной и тянет меня за руки, помогая встать на ноги. На миг становится дурно, кружится голова, но я даже не успеваю расстроиться, когда всё проходит.

Я спокойно стою, смотрю вокруг, а потом делаю шаг. Ноги отзываются напряжением, потому что я же несколько дней не ходила, но ничего важного нет. Ничего не болит, голова не кружится, и дышу я вполне спокойно. Значит, всё прошло? Стоит этой мысли добраться до моего мозга, и я начинаю визжать. Визжу от радости и прыгаю на своих ногах вокруг коляски.

— Значит, стоять и ходить ты можешь уже, — кивает спокойно улыбающийся братик. — Это очень хорошая новость. Значит, сейчас мы идём смотреть телевизор, а потом мыться и спать. Согласна?

— Согласна, — киваю я, потому что я же послушная девочка.

Мы вместе отправляемся к телевизору. Усевшись на пуфик, выжидательно смотрю в экран, пока Сашка выбирает, что нам смотреть. Он нажимает кнопку, и на экране начинает разворачиваться русский фильм. Ну, советский ещё. Детей отправляют в космос, как победителей Олимпиады. Показывают, как они готовятся, как ответственно относятся к делу, как стартует космический корабль.

Я переживаю за девочку и немного за мальчиков. Слушаю какие-то очень нежные добрые песни, а потом пытаюсь повторить их танец. Это очень увлекательно, и хотя в конце оказывается, что всё это было только экспериментом, мне всё равно очень тепло на душе, потому что в фильме и дети, и люди вокруг них какие-то живые, не то что было в моём детстве. Я очень хотела бы жить среди них, жаль, что это невозможно.

С такими мыслями я иду в обнаружившийся в спальне душ. Раздевшись, вижу, что синяки на моём теле уже почти исчезли, и даже промежность выглядит вполне нормально. Вытершись, я натягиваю на себя ночнушку, чтобы затем оказаться рядом с братом. Я обнимаю его и как-то очень быстро засыпаю. При этом мне снится, что мы с ним, как те дети в фильме, куда-то летим, только это не эксперимент, а мы действительно летим, чтобы принести весть мира другим цивилизациям. Мне так тепло во сне — просто не сказать как, потому что рядом Сашка.

Я просыпаюсь с улыбкой, на душе у меня радостно и спокойно, а ещё совсем не хочется его отпускать, хотя во сне я на него почти залезла. Братик, обнимая меня, ещё спит, поэтому я веду себя очень тихо, чтобы его не разбудить. Нельзя будить братика, пусть отдохнёт, вот. Кажется, я снова засыпаю, потому что просыпаюсь, когда он уже одетый стоит возле кровати.

— Просыпайся, засоня, — улыбаясь, произносит Сашка и чуть не падает, когда я налетаю на него с визгом. Ну, это же братик!

Он говорит мне, что нужно одеваться, завтракать и готовиться к экскурсии, поэтому у нас сегодня очень много важных дел. А самое важное дело — это покормить меня. Это Сашка так говорит, и он не шутит, а я чуть не плачу, потому что не привыкла быть такой важной. Но братик говорит, что я ещё привыкну, потому что мы друг у друга навсегда. Это так здорово — понимать, что он будет всегда.

Поэтому, наверное, я очень быстро переодеваюсь, совсем Сашку не стесняясь. А чего там стесняться-то? Он меня и одевал, и мыл, и вообще — это же братик! Поэтому я уже готова через пять минут и иду с ним завтракать. Автоповар что-то готовит, а Сашка рассказывает мне, чем мы сегодня будем заниматься. Это напоминает игру в поход, отчего вдвойне интересно. Я просто жду не дождусь!

# Глава семнадцатая

## АЛЕКСАНДР ТИХОНРАВОВ

Я чувствую, что превращаюсь в мартышку с гранатой. То есть в подростка с автоматом, разница небольшая. В честь чего из меня, тридцатилетнего офицера, лезет подростковость? А она активно лезет, я это ощущаю, иногда с трудом держа себя в руках. Складывая рюкзак, я вспоминаю, что мне известно о нас с Лилькой.

Дар Хранителя, по описанию, включает в том числе и адаптацию. Сестрёнка откатилась по возрасту, может ли так быть, что в связи с этим откатывает и меня? А что, вполне объясняет происходящее. Но это значит, что решение двигаться чем раньше, тем лучше — правильное. Потому что если меня откатит более-менее серьёзно, то, учитывая мои боевые рефлексы, я здесь точно войну устрою... А зачем оно надо?

Значит, решение принято правильно, выдвигаемся сегодня вечером. Лилька ходит довольно спокойно, никаких проблем я не вижу. Голова у неё не кружится, дыхание не прерывается, страха нет. Значит, можно считать, полностью восстановилась, заблокировав травмирующие области памяти. Если она всё это время была ребёнком, то понятно, отчего не воспринимала половые упражнения — просто внутренне не понимала, что и зачем с ней делают. Хотя бандитов, да и детдом я бы... Ладно, не время и не место.

С собой беру автомат, это понятно, ну и патронов, конечно... Гранаты я здесь видел и пару «рысей», потому что «мух» я не вижу. В случае, если зажмут, мало никому не будет, а вертолёты у них сильно вряд ли есть. О! «Рысь» же многоразовая! Значит, берём одну и заряды к ней — от широты души. Продукты ещё, это понятно, одежду и мне, и Лильке. Особенно Лильке, потому что девочкам надо. Собираемся...

— И тебе рюкзак соберём, — киваю я сестрёнке, смотрящей на меня с интересом. Пулемёта я ей, конечно, не дам, но кое-что можно. Ну и одежда, неприкосновенный запас и воду. И аптечку, как без неё-то?

— А эта штука стреляет? — интересуется Лилька, осматривая АГС.

— Стреляет, но она тяжёлая, — качаю я головой, хотя только что на полном серьёзе обдумывал мысль поставить гранатомёт в багажник.

Мысль плохая по двум причинам — стрелять из «тачанки» надо уметь, а по площадям в горах — совсем плохая мысль, потому что после такого за нас возьмутся серьёзно. Всё, собрались... Одежда, кстати, наличествует — комплекты зимнего камуфляжа, термобельё, всё, что положено. Но переодеваться мы будем, конечно, только перед выходом, чтобы не взопреть. Кто бы мне сказал — боевой выход, а у меня на руках ребёнок... Да и сам я не сильно взрослый на самом-то деле.

Сейчас нужно покормить Лильку, отдохнуть, то есть полежать, переодеться и выдвигаться. Интуиция свербит в известном месте, что мне совсем не нравится. Включу-ка я телевизор, не зря ж она свербит, учитывая, что раньше такого за ней не замечалось. За интуицией, в смысле. Ощущение утекающего времени просто мучительное.

— Пойдём, новости посмотрим? — предлагаю я сестрёнке.

— А потом поку-у-ушаем! — с готовностью кивает она, внося своё предложение.

— А потом покушаем, — соглашаюсь я, гладя её по голове, что Лильке очень нравится.

Мы двигаемся в комнату отдыха, когда я ощущаю что-то похожее на подземный толчок, но слабый. Странно, Альпы вроде не трясутся уже — старые горы... Тогда в чём дело? Нападение — вряд ли, нет сигнала... Сходить в аппаратную? Нет, сначала новости. Что-то мне подсказывает, что ответ именно в новостях, а не в аппаратной. Что же, доверимся интуиции...

На экране... Хм, сказки на экране. Камера показывает охваченный паникой Церматт — люди визжат, куда-то бегут, куда-то прячутся. Камера поворачивается, наводясь на отель, в котором мы жили, точнее, на то, что от него осталось. Выглядит это так, как будто его термобарическим приласкали, но так не бывает. Не может быть такого взрыва, чтобы окружающие дома совсем не пострадали. Паникующий голос оператора говорит о том, что с неба упал луч, от которого разрушился отель. Ври больше!

— Что это? — удивляется Лилька. — Это мультик?

— Это кино, — хмыкаю я, и тут картинка меняется.

На экране — нетронутый Церматт, всё хорошо, люди спокойно ходят, а в кадре — мужчина в полицейской форме. Он просит сохранять спокойствие, объясняя, что видеотрансляция, прошедшая по Сети — это не новости, а часть фильма-катастрофы. Объяснение ещё менее понятное, чем разрушенный Церматт до того момента. Как-то я перестаю понимать, что происходит, потому что так просто не бывает, не Штаты чай.

Видимо, Лильку пытаются обнаружить любой ценой. Неужели только ради того, чтобы убить? Что-то мне не верится — слишком много ресурсов задействовано. Но это означает, что огневой контакт возможен. Вот эта новость откровенно плохая, хоть и кажется мне нереальной. Такое ощущение, что нас настоятельно поторапливают, принуждая действовать указанным способом. Мне это не нравится совершенно, но, очевидно, выхода нет.

— Кушаем, — решаю я, выключая телевизор. — Затем немного лежим, а потом переодеваемся.

— Как скажешь, братик, — кивает Лилька, подлезая под руку. Просит, значит, чтобы погладили.

Глажу, конечно, как не погладить такую девочку, которой стала сестрёнка. Поведение — лет на десять, не больше, при этом доверяет мне абсолютно. То есть даже вопросом «зачем» не задаётся, ей хватает того, что я это сказал. Осторожнее надо с ребёнком в связи с этим.

— А что мы сегодня кушаем? — интересуется Лиля.

— Фондю по-китайски, — отвечаю я ей. — Мы будем макать кусочки мяса в горячий бульон и есть их.

— Ой, я такого никогда не ела, — удивляется сестрёнка, раскрывая пошире глаза. — Хочу!

— Садись, — улыбаюсь я ей. — Поедим вот, отдохнём, а там и экскурсия.

— Ура! — коротко реагирует Лилька, всем телом изображая внимание.

Мы развлекаемся, поедая очень вкусное, семейное, как и все фондю, блюдо, а я вспоминаю подробности того, куда нам надо. Проход в пещеру и активация «сааварна» были описаны очень подробно, включая то, за какой конкретно сталагмит дёрнуть. Что же всё-таки это такое? Как оно способно нам помочь? Пока нет ответа на эти вопросы, остаётся только прийти и посмотреть. Но есть у меня ощущение, что инопланетянам пора покинуть планету относительной гостеприимности.

Ну, это логично, раз мы оба инопланетяне, а Лилька, ко всему, ещё и ребёнок, то нам нужно отправляться «домой», что бы нас там ни ждало. Сестрёнку-то понятно — родители, правда, ещё неизвестно, как она их примет... А меня?

## ЛИЛИЯ НАЙДЁНОВА

Я большая-пребольшая, но и маленькая какая-то... Мне это неважно, потому что есть братик, с ним мне не страшно и очень весело. Он столько знает! Вот сейчас мы поели какое-то новое фондю, мне было вкусно и теперь тепло внутри. Сашка говорит, что нужно полежать, потому что потом мы будем одеваться и ехать.

Я, конечно, догадываюсь, что это вовсе не экскурсия, потому что братик много оружия взял, но совсем не переживаю. Я точно знаю, что всё будет хорошо, потому что, если плохо, то я умру, и всё. Без братика меня точно не будет, и это знание наполняет меня покоем, хотя должно бы наоборот, но я просто верю Сашке, он меня не бросит!

Я лежу и думаю о том, как изменилась моя жизнь. Я вдруг стала очень маленькой, такой, какой и в детстве-то не была. Почему так случилось, мне неважно, главное, что случилось. Меня никто не хочет побить или сделать противное, ну, то, от чего тошнит потом. А ещё я где-то потеряла весь свой взрослый опыт, действительно став маленькой девочкой. Сашка говорит, что об этом думать не нужно, поэтому я думать не буду. Главное же — Сашка!

— Так, — встаёт братик. — Пора одеваться. Смотри, снимаешь всё с себя и надеваешь сначала вот это, а потом…

Он объясняет, как правильно одеваться, а я слушаю. Сашка быстро раздевается, он меня тоже не смущается почему-то, хотя он же братик, чего ему смущаться? А я и не такое видела, поэтому мне всё равно. Раздеваюсь я медленнее его, поэтому, когда я ещё голая, он уже почти одет и начинает помогать мне, отчего я просто замираю — такие у него ласковые руки. От его ласки не хочется ничего делать, и я не делаю, потому что братик меня оденет, я знаю это.

— Хитрюжка маленькая, — улыбается Сашка, погладив меня.

— Ну, это же ты, — отвечаю я ему.

Братик меня отлично понимает, поэтому не сердится, а одевает, как… ну, наверное, как куклу, я видела такие в магазине, но у меня их никогда не было, потому что сначала детдом, а потом Сергей... В общем, не до кукол мне было совсем. А хотелось, конечно... Зато теперь я — сама кукла, и меня одевает самый лучший брат на свете! Сашка что-то делает со штанами и курткой, отчего они садятся лучше, делая мне удобно, а потом приходит черёд обуви. Я улыбаюсь до ушей, потому что это так ласково у него выходит!

— Ну, посидим на дорожку, — предлагает Сашка, усаживаясь на рюкзак.

Я послушно сажусь рядом с ним, но молчу, потому что братик о чём-то думает. А когда он думает, ему мешать нельзя совсем, я знаю это! Посидев так пару минут, Сашка пружинисто вскакивает, закидывает за плечи рюкзак, потом берёт в одну руку мой, а в другую — автомат. Я знаю, что он так называется, потому что видела уже. И вот так мы топаем куда-то по коридору, пока не упираемся в дверь со штурвалом вместо ручки.

— Что это? — интересуюсь я, но Сашка, закинув автомат за плечо и положив мой рюкзак на пол, уже крутит штурвал.

— Это дверь, — сообщает он секунд через десять, когда что-то громко щёлкает.

За тяжёлой толстой дверью обнаруживается большая комната без мебели, но увидев в ней нашу машину, я понимаю — это гараж. Но выглядит всё так, как будто выезда отсюда нет, поэтому мне очень любопытно, что будет дальше, и я вопросительно смотрю на Сашку. Брат кладёт в машину рюкзаки, а автомат куда-то вперёд цепляет.

— Вот будет смешно, если нас полиция остановит, — вздыхает он. — Садись, сестрёнка.

Почему будет смешно, я не очень понимаю, но залезаю на переднее сиденье. Тут всё такое «космическое» — много кнопок, рычажков каких-то, экранчиков. Поэтому я тихо сижу, чтобы не помешать. Братик садится за руль, пристёгивается и проверяет, как я пристегнута, но я же умею уже! Обижаться, впрочем, не спешу, потому что это не недоверие, а забота.

Машина тихо заводится и трогается с места, направляясь куда-то, кажется, прямо в стену, но я не пугаюсь, потому что Сашка знает, что делает. И, действительно, стена падает прямо перед носом, а мы едем куда-то вверх. Вокруг темно, поэтому мне почти ничего не видно, только свет фар выхватывает то кусок забора, то дорогу, то кустик. Я посматриваю на братика, потому что он очень хорошо управляется с рычажками и кнопочками. Это намного интереснее, чем даже на освещённую гору смотреть.

По радио что-то говорят, отчего Сашка, судя по интонации, ругается. Мне сразу же становится интересно, почему он ругается, но спросить я не успеваю. Братик улыбается мне и поясняет:

— Всем туристам рекомендовано вернуться в отель в связи с лавинной опасностью, — он хмыкает. — Так себе объяснение, но маршрут у нас меняется.

— Это значит, что мы не поедем? — я готова уже расстроиться, но Сашка как-то умудряется меня погладить.

— Поедем, — отвечает он мне. — Просто не по канатной дороге, а на своих колёсах.

— Ой, как интересно! — я хлопаю в ладоши от радости, но братик почему-то только вздыхает. — А почему ты вздыхаешь? — интересуюсь у него.

— Не с чего лавинную опасность объявлять, — не очень понятно объясняет мне он. — Значит, не всё с этим чисто...

Машина рычит, куда-то карабкаясь, подпрыгивает, но мне совсем не страшно, хотя, наверное, должно быть. Но рядом Сашка, поэтому совсем не страшно, а ещё он останавливает машину, вылезает и что-то делает впереди. Потом залезает, а я вижу, что свет стал другим.

— Бленды на фары сделал, — объясняет братик опять до того, как я спросить успеваю. — Теперь нас со стороны увидеть намного сложнее.

— Ага-а-а-а, — глубокомысленно тяну я, хоть и не понимаю, зачем это нужно. Но это же Сашка, он не может ошибаться.

Машина ревёт и куда-то едет, временами я себя ощущаю, как в консервной банке, но мне всё равно жутко интересно, поэтому я не ропщу. Тут я замечаю, что вокруг темно, как будто погасили даже освещение горы. Только звёзды сияют, да так ярко, что я их вижу прямо из машины. Кажется даже, что мы едем в это полное звёзд небо.

— А отсюда мы пойдём пешком... — сообщает мне Сашка, заглушив мотор. — Лавинная опасность, говорите...

— Ура, пешком! — радуюсь я, вылезая из машины. — А что ты делаешь?

— Ну, говорили же о лавинной опасности? — улыбка у братика немного, по-моему, злая. — Будет им лавина.

— Хорошо, — киваю я, надевая свой рюкзак. — Идём?

— Идём, — соглашается Сашка. — А машинка поедет…

Я опять не успеваю спросить, потому что машина чем-то хрустит и уезжает задом вперёд. Я не удивляюсь, потому что братик же сказал, что машинка уедет, вот она и уехала. Значит, всё правильно!

# Глава восемнадцатая

АЛЕКСАНДР ТИХОНРАВОВ

Лавинная опасность, надо же... Это в Церматте-то! Тоже мне, придумали! Но за нашей машиной, что характерно, никто не следует, я бы заметил. Вообще не вижу никакого преследования, значит... Ничего не значит на самом деле. Однако чёткое ощущение именно поторапливания имеется. И в пути, и на горке нас взять было легче лёгкого, но никакого шевеления я не замечаю. Неужели конторские стимулируют?

Мысль, конечно, интересная, но вряд ли адекватная. Подобные вещи — это всё равно, что засветиться по полной. Это должно очень сильно прижать, чтобы на такое пойти. Для бандитов — малореально, а для местных — очень непрофессионально. Значит — что? Значит, всё непонятно и надо думать. Но именно думать некогда, нужно двигать на точку, вот мы и двигаем. Откуда-то снизу ветер доносит звонкий «Бум!», завершивший последний путь хорошо заминированного «Доджа».

Лилька идёт рядом и улыбается, вокруг тишина абсолютная и — никого. Неподалеку уже виден и разверстый зев пещеры, непостижимым образом выделяющийся в темноте. При этом абсолютно точно никакого шевеления нет. Но они должны быть тут, должны, и всё! Зачем-то же всё это было устроено? Ощущаю себя я слегка неуверенно, ибо вообще никаких признаков чужого присутствия не вижу.

Может ли это быть продолжением фантастики? Ну, как там написано было о подгонке пространственно-временных элементов? Если это так, то получается чуть ли не божественная воля и отсутствие выхода, что мне совсем не нравится. Я и так сложно к фантастике отношусь, а происходящее вообще уже ни в какие ворота не лезет. Но вот с искушением ничего поделать не могу.

Схватив Лильку за руку, я впихиваю её в пещеру, а сам вырываю из разгрузки гранату и закидываю её на «козырёк», нависающий над пещерой. Моментально всё меняется! Кто-то кричит, зажигаются яркие огни, но я запрыгиваю в зев пещеры, и тут гремит взрыв. Вал снега падает за моей спиной, отрезая все звуки, а я, ухватив сестрёнку за руку, устремляюсь внутрь подземелья. Неверный луч пристежного фонарика освещает дорогу, я чуть не пропускаю нужный поворот, но всё-таки поворачиваю в него.

Получается, никакой фантастики, а грамотно замаскированная засада, настроение которой я гранатой подпортил. Если я правильно всё понял, то взрыв как раз сход лавины и спровоцирует. А вал снега и льда снесёт и засаду, и что угодно, поэтому некоторое время копать точно не будут. Хорошо бы, чтобы вообще не копали, но в это верится слабо. Зачем-то же мы им нужны? Даже думать не хочу, зачем. Хотя, конечно, всё как-то... хм... непрофессионально выглядит, как компьютерная игра.

Впрочем, нужно двигаться дальше. Интересно то, что сестрёнка всё так же улыбается, значит, не испугалась, что уже очень хорошо. Ход, по которому мы двигаемся, разветвляется, при этом левый выглядит привлекательнее, но нам точно нужно в правый, именно поэтому я туда и сворачиваю. Что же, преследование мы отсекли, теперь нужно дойти до точки. Интересно, преследование должно было не дать нам войти или выйти? Ответа на этот вопрос я уже не получу, ну и овощ с ним. Остаётся только надеяться на то, что нам будет куда отсюда деваться.

Ещё один поворот, вот и приметный сталагмит. Его нужно повернуть в средней части, что бы это ни значило. Закинув автомат за спину, присаживаюсь и поворачиваю ледышку. Неожиданно легко провернувшись, сталагмит вырывается из рук, пропадая где-то внизу. Уже интересно, но всё равно напоминает компьютерную игру из новых.

По идее, нам нужно идти вперёд, пока мы не встретим именно то, за чем сюда и пришли. Ну, раз нужно, то идём. Фонарик ничего необычного из темноты не выхватывает. Гладкие стены, практически круглый коридор, будто прожжённый во льду, и отблески синего цвета по всему коридору, хотя фонарик по цвету белый. Правда, это не то, что должно меня сейчас интересовать.

— Я кушать хочу, — сообщает мне сестрёнка. — И пить тоже.

— Сейчас перекусим, — киваю я, отметив по часам, что мы идём второй час.

Судя по всему, зашли куда-то очень вглубь горного

массива, неудивительно, что Лилька проголодалась. Имеет смысл перекусить, почему бы и нет? Я снимаю рюкзак, достаю оттуда пару плиток пеммикана и воду. Ну и пару галет тоже, поход у нас или как?

— Мы будем есть по-походному, — объясняю я сестрёнке, усадив её на сидушку, которую тоже из рюкзака достал. — Вот — это мясо, хлеб и вода.

— Ой, как здорово! — радуется Лилька, не хлопая в ладоши исключительно из-за занятости рук. — Прямо как в настоящем походе!

— Ну, экскурсия у нас или как? — глажу её по голове, она даже зажмуривается, чтобы показать, как ей это приятно.

— Здорово... — шепчет сестрёнка.

На самом деле когнитивный диссонанс вызывает. Девушка лет двадцати ведёт себя, как вдвое младший ребёнок, и это не игра. Но я уже, наверное, привык, поэтому воспринимаю это всё нормально. Интересно, сколько нам ещё идти?

Некоторое время мы посвящаем трапезе, при этом Лилька улыбается, я её глажу, а сам раздумываю. Подумать мне есть о чём, но это бессмысленно. Я даже примерно не представляю себе, что нас ждёт впереди. То есть никаких идей нет, и описано это не было, что значит: поживём — увидим. Ну, что же, увидим так увидим.

— Пойдём дальше? — предлагаю Лильке.

— Да-а-а! — восклицает она, чуть ли не подпрыгивая. — Пошли! Пошли!

Хорошо, что не боится и, кажется, не устала. Ведёт себя, как ребёнок, для которого всё происходящее — просто приключение, а ни разу не испытание. Впрочем, хорошо, что она себя так ведёт, хуже было бы, если б ныла. Но не ноет, и это меня радует. Мы идём дальше, пока луч фонарика не выхватывает что-то в конце коридора. Ну, как в конце? Метров триста навскидку. Но это уже хоть какое-то изменение, потому что идея остаться здесь жить мне не нравится.

Подойдя ближе, вижу нечто, загородившее проход, но внимание привлекает не что-то серое, похожее на дверь, а два разноразмерных силуэта человеческих ладоней, очерченных зелёным кантом, расположенных по разные стороны двери. Несмотря на то что фантастику я не люблю, фильмы, разумеется, смотрел, поэтому понимаю, что нужно делать. Правда, насколько это безопасно… Но не зря же всё в убежище рассчитывалось именно на двоих?

— Лилька, положи свою ладошку внутрь контура, — прошу я её, сам кладя свою руку, куда сказано.

— Ага! — радостно кивает она, выполняя мою просьбу.

Что-то утробно гудит, дверь — а препятствие действительно оказывается дверью — начинает медленно, будто нехотя, уходить в стену, открывая за собой тёмное нутро какого-то помещения. И что теперь?

## ЛИЛИЯ НАЙДЁНОВА

Так здорово! Сначала что-то громко бумкнуло, но совсем не страшно, а потом мы пошли на экскурсию. У Сашки фонарик, ну и у меня тоже, поэтому всё очень интересное вокруг — оно блестит и переливается разными цветами. Мне очень нравится эта экскурсия!

Я иду рядом с братиком, немножко играя со светом, потому что весело же, и мне как-то очень радостно на душе. Сашка поворачивает то в один проход, то в другой, я же иду за ним, потому что я — послушная девочка и не хочу теряться. Мы долго-долго идём, а потом я вдруг понимаю, что проголодалась. Братик устраивает настоящий походный ужин! С твёрдым, как печенье, хлебом, мясом, которое трудно жуётся, и водой. Ну, не совсем водой, это сок разбавленный, поэтому он кислит немножко, а ещё вкусный получается.

Хочется прыгать и бегать, но, наверное, нельзя, потому что эхо сильное, я бы даже испугалась, но рядом со мной Сашка, и я ничего не боюсь, вот! Поэтому мы топаем, а потом братик просит меня положить ладошку на зелёное. Я понимаю, это игра такая, потому что за дверью оказывается круглая комната, в ней такой же круглый диван, окружающий стол, в центре которого переливается разными цветами большой прозрачный шар. Это так красиво, что просто слов нет!

— Сааварн приветствует вас, — раздаётся откуда-то странный, будто лишённый эмоций, голос. — Прошу вас сесть и положить руки на шар для идентификации.

Тут до меня доходит — он не по-русски говорит, но я всё равно понимаю, а Сашка, кажется, нет. Он осматривается по сторонам, отчего-то вздохнув, но я тяну его за рукав, чтобы сесть за стол.

— Братик, голос сказал, чтобы мы руки на шар положили для ид-енти-фи-ка-ции, — произношу по слогам сложное слово.

— Да? — удивляется Сашка. — Ну давай тогда положим, пусть идентифицирует.

— Ага! — киваю я и одновременно с братиком кладу руки на прохладную поверхность.

— Темпорально-модифицированные организмы, — совершенно непонятно для меня произносит всё тот же голос. — Производится процедура взлёта.

— Что он сказал? — интересуется братик.

— Что взлетает, — отвечаю я. — И что мы — какие-то организмы непонятные.

— Ага… — отвечает Сашка.

Тут нас начинает вертеть, крутить, как лягушку в блендере, меня как-то быстро укачивает, а кручение всё не прекращается, и я уже готова заплакать, когда меня обнимает Сашка и прижимает к себе. Как-то быстро все неприятные ощущения проходят, а я просто вжимаюсь носом в его куртку.

— Атакован агрессивной фауной, — сообщает всё тот же голос. — Совершаю манёвры уклонения.

— Он говорит, что уклоняется от агрессивной фауны, — перевожу я Сашке.

— Сбить пытаются, — кивает он. — Что-то мне подсказывает, что вряд ли у них это получится.

— Агрессивная фауна уничтожена вместе с гнездовым материнским кораблём, — сообщают мне, и я сразу же перевожу это братику, потому что совсем ничего не понятно.

Видимо, Сашка понимает, потому что выдыхает. Тут нас начинает вжимать в диван, как будто что-то хочет из нас сок выдавить. Немножко становится страшно, но несильно, потому что меня братик гладит. Голова ещё кружится от всего этого, но я терплю, потому что всё равно деваться некуда. Я очень хорошо понимаю, что некуда мне деваться, так что нечего и хныкать. И вот в этот самый момент всё прекращается.

— Темпорально-модифицированным организмам необходимо проследовать по жёлтой линии, — сообщает мне голос.

— А где эта линия? — спрашиваю я его.

Тут дверь опять открывается, а за ней виден коврик ярко-жёлтого цвета. Я киваю, повернувшись к Сашке.

— Нам туда надо, — показываю я пальцем.

— Надо, значит, пойдём, — соглашается он, поднимаясь и поднимая меня.

Мне просто жутко интересно, что будет дальше, поэтому я берусь за Сашкину руку и иду по жёлтой дорожке. Зачем нас сюда послали, я не понимаю, братик, по-моему, тоже, но вряд ли нам сделают что-нибудь плохое. Мне так кажется просто. Сашка, по-моему, тоже об этом думает, потому что с интересом осматривается по сторонам.

Наконец, мы оказываемся в каком-то помещении жёлтого цвета. Что делать дальше, я не знаю, а Сашка подходит к какой-то колонне и тычет её пальцем. Только в этот момент я, кажется, как-то вдруг засыпаю. По крайней мере, комната исчезает, а вместо неё появляется та самая картинка с двумя ушастыми взрослыми. Они с тревогой смотрят на меня, а потом женщина вдруг начинает плакать. Только я не понимаю, почему она плачет... Мужчина её сначала успокаивает, а потом ещё раз смотрит на меня и вздыхает. Он это делает так похоже на Сашку, что я удивляюсь.

— Ты обрела своего Хранителя, Алилиэль, — произносит ушастый мужчина. — Это и хорошо, и плохо, но с этим теперь уже ничего не поделаешь.

— А почему это плохо? — удивляюсь я, потому что они, наверное, о Сашке говорят.

— Потому что ты не сможешь с ним расстаться никогда, — отвечает мне женщина сквозь слёзы. — Это же навсегда.

— Ну это же здорово, что навсегда! — восклицаю я, потому что действительно так считаю.

— Вот как... — тянет мужчина, которого я сейчас начинаю ощущать родным. — Тогда действительно ничего плохого нет.

— А где я? — интересуюсь у него. — И где Сашка?

— Так зовут твоего Хранителя, — улыбается уже совсем не плачущая женщина, которая, наверное, моя мама. — Вы сейчас на эвакуационном корабле, вам обоим нужно темпорально стабилизироваться.

— А что это значит? — удивляюсь я, не поняв ни слова.

— Это значит, что и тебе, и твоему Хранителю вернут тот возраст, который вы действительно прожили, — объясняют мне.

Становится ещё более непонятно, но я важно киваю. Мне очень интересно всё, но я хочу к братику, без него мне совсем некомфортно и даже немного страшно. А с ним — совсем-совсем ничего не страшно, поэтому я и хочу к нему, но надо спросить ещё кое-что.

— А если я на корабле, то вы тоже? — интересуюсь у них. — Как мы разговариваем тогда?

— Это особенность нашей расы, доченька, — улыбается мне... мама? — Ты оказалась в стабильной зоне, и мы смогли друг друга услышать.

В этот момент всё вдруг пропадает. Я осознаю две вещи: во-первых, я лежу на чём-то очень мягком, а во-вторых, я — глупая, потому что из объяснений совсем ничего не поняла. Надо рассказать Сашке, он точно во всём разберётся, потому что он очень умный. А значит, надо открывать глаза и вставать, чтобы найти братика, без которого мне очень некомфортно.

# Глава девятнадцатая

АЛЕКСАНДР ТИХОНРАВОВ

Я открываю глаза и понимаю две вещи. Во-первых, меня усыпили, а во-вторых... тело как-то усохло. Осмотревшись, вижу, что нахожусь в голом виде в круглой кровати красного цвета, вокруг всё жёлтое, идеальное сочетание, что сказать... Медленно поднимаюсь, пытаясь понять, где сестрёнка и моя одежда.

— Ваш комбинезон находится справа, — слышу я голос, от которого вздрагиваю. Говорит неизвестный не по-русски, но я его понимаю даже очень хорошо.

Это не немецкий, не испанский, не итальянский и не французский. Интересно... Повернувшись вправо, обнаруживаю одежду тёмно-зелёного цвета. Действительно, комбинезон, причём вместе с обувью. Ещё интереснее. Тем не менее быстро втискиваюсь внутрь, с удивлением ощущая, как он меня обхватывает. То есть сам подстраивается под мои размеры. Теперь, кстати, понятно отсутствие белья — трусы тут, похоже, встроенные.

Увидев ещё одну такую же кровать, двигаюсь к ней, чтобы увидеть в ней голую девочку лет десяти. Похоже, это Лилька, внешне уже соответствующая своему психологическому возрасту. Интересно, а я? Мне сколько? Надо будет выяснить, а пока подождать, пока она проснётся, и одеть её.

— Голос! — зову я. А как его ещё назвать? — Кроме языка, что в нас изменилось?

— Ваши тела были темпорально стабилизированы, — отвечает мне он. — Это значит, что искусственное старение тела отменено, повреждения тел исправлены.

— И много их было? — интересуюсь я.

— Вас пришлось собирать заново, — сообщает голос. — Планета с настолько агрессивной фауной должна быть стерилизована.

— Не надо никого стерилизовать, — просит Лилька, не открывая глаз. — Лучше покушать дай.

— Принято, — слышим мы в ответ.

Поняв, что сестрёнка проснулась, но почему-то боится открыть глаза, я привычно уже принимаюсь её одевать. Удивительные зелёные глазки, ставшие чуть больше и ещё более удивительными, тут же распахиваются. Лилька смотрит на меня так, что хочется её обнять, чем я и занимаюсь, только лишь натянув на неё комбинезон.

— Братик... — шепчет она и обнимает меня в ответ. — А мне сказали, что мы на всю жизнь. Ты меня не бросишь?

— Никогда-никогда, — улыбаюсь я ей, видя, как успокаивается Лилька в моих руках.

— Ты теперь тоже на этом языке говоришь, — замечает она. — И стал меньше, но не маленьким… Родители сказали…

Она начинает рассказывать мне подробности своего сна, где сестрёнка общалась со своими родителями. Причём вполне связно и последовательно, что может говорить не о необычности сна, а, например, о какой-то связи. Впрочем, сейчас нам нужно поесть, а потом выяснить, где мы находимся, что собираемся делать, и что вообще будет дальше.

— Голос! — зову я. — Два вопроса. Первый: тут зеркало есть? И сразу второй: где здесь кормят?

— Двигайтесь по коридору, поверните направо, — слышу я ответ, проём двери при этом начинает мигать жёлтым светом. — Там же будет доступна зеркальная поверхность.

— Спасибо, — киваю я, поднимая затем Лильку на ноги. — Пошли?

— Пошли! — звонким голосом отвечает она мне.

Я стараюсь не думать о том, что с такой малышкой делали на Земле, пусть даже она выглядела старше, но вот о том, что произошло, подумать надо. Есть у меня ощущение, что мы в космосе, поэтому надо попросить, если это возможно, убрать тот самый астероид и проститься с планетой, бывшей нам обоим… мачехой, пожалуй. Не самой доброй, не самой понимающей и уж точно нас не любившей.

Повернув направо, оказываемся в довольно большом зале, сплошь уставленном столиками. Интересно, а кто-то кроме нас здесь есть? Впрочем, это можно выяснить и потом, а сейчас необходимо поесть. Ну-ка, чем здесь кормят? Я оглядываюсь, и замечаю движение. Моментально вскочив, закрываю собой Лильку, фигура напротив делает то же самое, отчего до меня доходит — это зеркало. В зеркале отражается пацан. Я таким, наверное, лет в четырнадцать был, не помню точно. Внимательно разглядев себя, хмыкаю и усаживаюсь рядом с сестрёнкой.

— По-моему, это каша, — делится со мной Лилька, показывая мне на появившиеся невесть откуда тарелки вполне привычного вида, вот только еда в них выглядит массой нежно-голубого цвета. — Будем пробовать?

— Будем, — киваю я, подумав о том, что нас вряд ли бы стали травить.

На вкус каша оказывается сладкой, но не приторной, а нежно-сладкой такой, отчего я и сам не замечаю, как съедаю её полностью. Рядом и Лилька облизывает тарелку. Очень вкусный... хм... завтрак оказывается, просто очень. Но теперь нужно прояснить некоторые вопросы.

— Голос, скажи, где мы находимся? — интересуюсь я.

В ответ нас приглашают в обзорную галерею. Лилька даже подпрыгивает от нетерпения, пока мы идём, она очень радостно улыбается, заливая своим счастьем всё вокруг. Мне же хочется узнать, чем нам это всё грозит, и будет ли хоть кто-нибудь интересоваться нашим мнением. Нормальные подростковые реакции у меня на самом деле, так что ничего удивительного.

Обзорная галерея оказывается комнатой с огромным то ли экраном, то ли иллюминатором, за которым медленно вращается ответ на мой вопрос. Вот только гигантского астероида я нигде не вижу. Неужели это всё было уткой? Но какая-то слишком глобальная утка получается, не может такого быть. Или может?

— Голос, что с нами будет? — негромко спрашиваю я.

— Юная аэлия будет доставлена домой, — отвечает мне голос. — Хранитель последует за ней.

— Нас не спрашивают? — интересуюсь я на всякий случай.

— Вас не спрашивают, — подтверждает этот самый голос. — Во время пути вы можете находиться в каюте сна, отдыха или обучения. Мы начинаем движение.

— Стой, а где гигантский астероид, который летел к планете? — пытаюсь я остановить его.

— Глупая агрессивная фауна считает астероидом экспедиционный корабль, — отвечает мне голос, и я слышу нотки насмешки в нём.

Нет, мне, конечно же, это только кажется, но сейчас я понимаю, что произошло. По какой-то причине, не знаю, по какой, космический корабль подошёл к Земле, где переполошились все и, конечно же, попытались ударить ракетами, по-видимому, этим исключив себя из числа разумных и перейдя в разряд фауны. Я интересуюсь мнением голоса, который эту версию подтверждает. Он говорит, что Земля теперь помечена как планета, населённая агрессивной фауной без проблеска разума. То есть братья по разуму будут облетать её стороной. Отличная месть, по-моему!

## ЛИЛИЯ НАЙДЁНОВА

Оказывается, мы с братиком на космическом корабле, и мы — дети. Я не против быть дитём, честно говоря, потому что теперь я хотя бы выгляжу такой же малышовой, как о себе думаю. Братик, кажется, тоже не против, хотя ему и не нравится, что нас никто не спрашивает. Ну, мы же дети, понятно же, что никто спрашивать не будет.

Зато каша очень вкусная, нежная и сладкая такая, мне нравится. Поэтому я предлагаю братику не думать о том, что нас не спросили, а подождать и посмотреть, что будет. А там мы что-то придумаем, потому что мы всё равно навсегда друг у друга же есть, правильно? Ну вот.

Развлекаться здесь можно, играя друг с другом или на экране, с компьютером. Но это не просто игры, они нас учат читать, считать и даже писать, а ещё есть экран с фильмами, которые показывают нам жизнь других планет. Это так увлекательно, просто не рассказать, как, поэтому братик сидит со мной, изучая всё то же, что и я. Оказывается, мы были оторваны от материнской планеты. Я — потому что потерялась, а он — потому что так его родители решили, потому что надо же было меня найти. Ну вот, а теперь мы домой возвращаемся, но чтобы над нами в школе не смеялись, нас и учат. Ну, это я так понимаю, конечно.

— Скорей всего, учат просто для того, чтобы мы себе плохого чего не придумали, — у братика другое мнение. — Так сказать, солдат скучать не должен.

— А мы разве солдаты? — удивляюсь я.

— Нет, — смеётся Сашка. — Просто поговорка такая.

— А-а-а! — понимаю я и прижимаюсь к нему, чтобы погладил.

И братик, конечно же, гладит меня, потому что так правильно, а мне очень нравится. А ещё нравится носиться по галереям корабля. Тут столько интересных мест, просто не рассказать, сколько. Поэтому я бегаю, ну и Сашка со мной, потому что переживает, чтобы со мной ничего не случилось. А со мной ничего не случится, потому что мы одни на корабле, и никто не будет бить и заставлять делать то, от чего тошнит.

Наверное, я не чувствовала ничего, потому что маленькой была... Но Сашка говорит, что это всё надо забыть, потому что теперь у нас новая жизнь. Он обо мне заботится, потому что держит себя в руках. Ну, он так говорит, потому что не нравится ему что-то в том, что происходит, но по попе он не хочет, а в сказки не верит. Это тоже он говорит. А мама во сне плачет и говорит, что детей нельзя бить.

— Саш, а почему, если детей бить нельзя, то меня били? — спрашиваю я братика.

— Потому что это делала агрессивная неразумная фауна, — отвечает он мне, а я задумываюсь.

— А что такое фауна? — интересуюсь я.

И тут Сашка рассказывает мне, что фауна — это зверушки всякие, а люди, ну те, с Земли, они тоже фауна, потому что такую умницу били. Умница — это я. Я тоже сначала не поверила, но братик применил секретный приём, и я поверила. Ну разве же можно ему не верить? Вот и я думаю, что нельзя. Поэтому я верю, конечно. Мы кушаем, развлекаемся, а ещё Сашка говорит, что раз мы всё равно ничего сделать не можем, то нечего и нервничать. Я согласна с ним, потому что это же братик, и он лучше знает, как правильно.

Завтра мы прилетим домой, поэтому я немного волнуюсь, как мои родители меня наяву встретят, ну и Сашку тоже, потому что это же он. Я без братика не смогу, и во сне мои родители меня убеждают в том, что никто нас не разлучит. Я верю, конечно, просто иногда страшно очень. Только с Сашкой не страшно, а без него — очень-очень. Не знаю, почему так.

Чтобы не бояться, я сижу с Сашкой, а он что-то чертит и много думает.

— Не получается у меня что-то, — сообщает мне братик. — Именно то, как мы уходили с Земли, очень странно, потому что нас именно выдавливали, а такого быть не может.

— А может, это потому, что мы — инопланетяшки? — очень мне нравится это название, потому что оно детское, как я.

— И как бы они об этом узнали? — спрашивает меня Сашка, заставляя задуматься.

А действительно, как? Ведь на нас не было написано, что мы — инопланетяшки, правильно? Мы и сами это совсем недавно узнали, а тут вдруг такие новости. Но тогда я не знаю ответа на его вопрос.

— Я не знаю, — честно признаюсь братику.

— Я тоже не знаю, — вздыхает он. — Что-то тут не так, как компьютерная игра.

— Думаю, мы узнаем в своё время, — отвечаю ему, хоть братик ни о чем не спрашивал. — А сейчас давай играть?

— Давай, — улыбается Сашка.

Братик мне ни в чём отказать не может, ну, или не хочет, потому что ему нравится, когда я улыбаюсь, а не плачу, он мне сам это сказал! Мы скоро прилетим, а я совсем не хочу ни о чём думать, потому что я же — ребёнок и хочу играть. Сашка это очень хорошо понимает, поэтому мы играем, пока нас не отвлекает сигнал. Это значит, что нужно ужинать, а потом и спать ложиться.

Сначала, конечно, ужинать. Сегодня на ужин у нас розовые очень вкусные полоски чего-то, на фондю похожие по вкусу, и ещё соус и белые треугольнички. Они на вкус, как яичный белок — очень нежные и вкусные. А столовая тут каждый раз разная — то синие стены, то по ним облака плывут, то солнышки светят, целых три! Это так красиво, что я с радостью сюда прихожу, ну, ещё и еда вкусная очень, поэтому я иногда даже тарелку вылизываю, хотя это некрасиво, так Сашка говорит, но мне очень хочется же! А если очень хочется, тогда можно, так тоже братик говорит.

А после ужина мы идём мыться и спать. Только у меня сегодня предчувствие странное какое-то, поэтому я жмусь к братику и капризничаю. Поэтому моет меня сегодня он сам. Мне как-то совсем капризничается вдруг, как будто что-то странное ждёт впереди. Я смотрю в глаза братика, как будто хочу навсегда его запомнить, и укладываюсь в кроватку, услышав краем уха его разговор с Голосом.

— Правильно, — отвечает Сашке Голос. — Это называется «симуляция».

— И когда она закончится, всё сотрётся? — тихо, но совсем непонятно спрашивает братик.

Ответа я не слышу, потому что просто засыпаю, но мне не снятся родители. В этот раз мне совсем ничего не снится поначалу, а потом я оказываюсь в какой-то большой комнате, в которой раньше не была. Там много таких, как Сашка, а вот таких маленьких, как я, совсем нет.

— Симуляция завершена, очистка памяти, — слышу я.

Почему-то всё вокруг меркнет, но я не хочу, чтобы меркло, потому что мне кажется, что у меня отбирают Сашку. Но ведь его же не отберут, да?

# Глава двадцатая

## АЛЕКСАНДР ТИХОНРАВОВ

Как всегда после симуляции, моё тело какое-то деревянное. Кинув взгляд на экран, отмечаю зелёный цвет отличной оценки. Памяти о прошедших в симуляции событиях, разумеется, нет, там разное бывает, остаётся лишь опыт, подсознательные реакции, и всё. В общем-то, всё хорошо. Зовут меня Сашкой, мне шестнадцать, и я сдал промежуточный экзамен в симуляции по теме розыска потеряшек. Даже знать не хочу, кого я там разыскивал, что угодно может быть.

Девчонок гоняют на выживание, нас — на боёвку, обычное дело. Мы и не пересекаемся почти, хотя учимся вместе как минимум на теоретических часах. Впрочем, теории с каждым годом всё меньше, а практики всё больше. Через год — выпуск, потом свободный год и поступление кто куда. Ну а сейчас можно получить распечатку и рвануть домой. Предки на корабле, ещё не вернулись из Поиска, значит, у меня целый день без нудёжа. Здорово же?

Достаю распечатку, в которой меня интересует только оценка, а остальные параметры пусть предки рассматривают, мне это неинтересно, потягиваюсь. В симуляции мог и год пройти, и десять, а для меня тут — всего-то несколько часов. Технологию симуляции, по легенде, людям то ли тэлы, то ли аэлии принесли в благодарность не знаю, за что, да и неинтересно мне это.

Выхожу из школы, слева доносится девчачий визг — то ли ругаются, то ли делят чего, мне это неинтересно. Пацаны в девчачьи разборки не лезут, а те — в наши, хотя у нас большая часть разборок заканчивается лет в пятнадцать, когда основная боёвка начинается — кто знает, чем мы там в симуляции занимаемся, а рефлексы-то остаются, поэтому никто и не рискует. Девки-то на выживание ходят, а потом что-то делят, выстраивая свою пищевую цепочку.

Впрочем, какое моё дело? Ощущение какое-то странное, как будто чего-то не хватает, но после симуляции бывает. Я заскакиваю в отолоуф[1], сразу же взлетевший в направлении дома. Жаль, что он маршрутный, а не индивидуальный, но школьникам индивидуальные не положены — социальный индекс не позволяет. Впрочем, мне метров двести пройтись не сложно, даже полезно после симуляции будет.

Пролетаю над улицей, между жилыми блоками, где живут тысячи людей, задумываясь о том, что было в симуляции. Память очищена, но вот остаточки... Почему-то фиксирую пролетающий транспорт, оценивая его опасность, но какая может быть опасность от транспорта в наше время? Чай не Глубокий Космос, кишащий агрессивной фауной. Мысли перескакивают на недавно сданный цикл по истории человеческой цивилизации. Ведь люди одно время тоже считались агрессивной фауной, что-то там во время Первого Контакта произошло...

Отолоуф идёт на посадку прямо в причальный створ моего дома. Интересно, когда это умудрились маршрут изменить? Утром же ещё всё было как всегда... Или не было? Не помню, честно говоря. После симулятора память шалить может, поэтому, наверное, и не помню. Впрочем, сейчас это и неважно, отолоуф удачно встаёт, я выскакиваю из него, почти бегом направляясь к лифтам. Мне ещё до сто второго этажа минут десять ехать со всеми остановками, если экспресс-лифт не застану. До-о-олго...

Оп-па! Второе везение подряд — экспресс только пришёл, надо успеть в него запрыгнуть, потому что желающих много. Выше сотого много кто живёт, а экспресс как раз взлетает до сотки без остановок. Успел, фу-у-у...

С тихим шуршащим звуком, вжимая пассажиров в пол, экспресс-лифт легко взлетает до сотого этажа, затормозив на моём сто втором. Опять удача? Как-то слишком много удач у меня сегодня, даже странно это. Обычно за большой удачей может следовать неприятный сюрприз, так сказать, для компенсации. Может, в распечатке какие-нибудь сюрпризы, о которых я не в курсе? Надо посмотреть, наверное...

Мысль о предках колет грустью. Странно, с чего это вдруг? Я с ними расстался только вчера, когда они в Поиск ушли, да и не нужны они мне так сильно, как в детстве. Отчего тогда вдруг становится грустно? Странные у меня в этот раз после симуляции реакции, пойду визор, что ли, посмотрю. Завтра опять на уроки, а сегодня можно и отдохнуть.

Всё-таки, откуда у меня ощущение, как будто я что-то важное забыл? Отвлекаюсь от визора, достаю распечатку, вчитываюсь и осознаю, что ничего не понимаю, как будто на языке ататак написано. Откладываю, иду на кухню, чтобы перекусить. Руки тянутся куда-то к управляющему модулю, заставляя меня остановиться. Не понимаю, в чём дело, при этом во рту возникает какой-то необычный привкус, но автоповар у нас стандартный, поэтому я беру себя в руки, заказывая вполне обычный комплексный обед.

Интересно, что такого было в симуляции, отчего меня так клинит? Ещё вдруг хочется обнять родителей. Я сосредотачиваюсь на еде, стараясь об этом не думать, когда до меня доходит: если я в симуляции трагически потерял предков, то после может некоторое время такое состояние быть. Но это странно, потому что по правилам в симуляциях нельзя трогать родных и близких. Ну, насколько я помню.

Со мной, как и с девчонками, могут делать что угодно — мучить, убивать, принуждать к спариванию, а вот близких трогать не положено, потому что если башню сорвёт, то никакое стирание памяти не поможет. В чём тогда дело? Почему у меня при мысли о родителях внутренняя тоска? И откуда ощущение того, что чего-то не хватает?

Спать, что ли, улечься, может, пройдёт? Внутреннее беспокойство медленно нарастает, но вот с чем оно связано, я не понимаю. Положив тарелки в автомойку, отправляюсь к себе в комнату. Надо распечатку в считыватель положить и… и дождаться предков. Что-то мне неспокойно, на самом деле. Или это влияние симуляции остаточное, или я что-то упускаю, или предчувствие. Как-то слишком мне сегодня везёт.

Я едва успеваю положить распечатку, как жужжит входная дверь. Совершенно не отдавая себе отчёта в своих действиях, я бросаюсь ко входной двери, чтобы встретить родителей, чем явно немало их удивляю. Особенно мама удивляется, потому что я… Не понимаю, что со мной, но я смотрю на них обоих так, как будто год не видел! В чём дело? Что со мной происходит? Почему я хочу броситься к маме и обнять её? Со мной такого не бывало лет с десяти или даже ещё раньше. Бороться с собой совершенно невозможно, поэтому я делаю свой первый робкий шаг.

## ЛИЛИЯ НАЙДЁНОВА

Я открываю глаза, сладко потягиваюсь и только затем понимаю, где нахожусь. Симуляционная комната, тускло посверкивающая вокруг меня своими приборами, говорит о том, что я сдавала экзамен. Интересно, сдала? Бросаю взгляд на монитор, горящий ровным зелёным светом — значит, сдала. Вот если бы он был жёлтым или синим, тогда было бы плохо. А так — всё хорошо.

Почему-то в симуляторе положено раздеваться, по слухам, у парней не так, но у них и симуляции другие. Я резко вскакиваю и влезаю в комбинезон, пока кто-то не влез. Симуляция закончена, значит, дверь разблокирована, а дур, готовых вломиться и спереть одежду, хватает. Потом придётся голышом бежать через всю школу в каптёрку за запасной одеждой — то ещё удовольствие. Почему-то девки у нас очень злые, а парни спокойные и совсем не дерутся... Почему так, я не знаю.

Хватаю распечатку и осторожно выхожу из симуляционной. Теперь надо пересечь холл и не нарваться на Вику. Я плохо дерусь, а боли не люблю. Почему Вика выбрала меня в свои личные жертвы, не знаю, но потихоньку начинаю от этого звереть. Однажды я её просто удавлю, и будь что будет. Изнутри поднимается страх и ещё ощущение такое, как будто что-то потеряла. Это, наверное, из-за опасности встречи с этой фурией. Ведёт себя так, как будто ей жизненно необходимо на ком-то выместить зло.

Надо будет у папы попросить что-нибудь нелетальное для агрессивной фауны — он Блюститель, у него должно быть. Вика — точно агрессивная фауна, ни разу не разумное существо, как люди во время Первого Контакта. Это же надо было придумать — атаковать экспедиционный корабль. Ну вот аэлии их и приняли просто за фауну, спасибо, хоть планету не стерилизовали. А вот Вику я бы... О, дверь открыта, теперь бегом! Только бы транспорт был!

— Эй, ты! А ну, стой! — слышу я ненавистный голос сзади, но поздно — я с разбегу впрыгиваю в отолоуф, сразу же закрывший люк прямо перед носом моей обидчицы.

Да даже если бы и успела! Надо быть полной дурой, чтобы попытаться в отолоуфе устроить драку или кого-нибудь побить — последствия не понравятся точно.

Мстить Вика, конечно, будет, но до завтра я что-нибудь придумаю. Отолоуф взлетает, направляясь по своему маршруту, а я выдыхаю.

Почему-то страх при этом не исчезает. Я чувствую себя так, как будто сейчас расплачусь, что для меня необычно. Я не плачу, даже когда Вика на меня налетает, почему же сейчас мне так страшно? Это точно не из-за Вики, это что-то другое, но что? Мне кажется, что вот сейчас, прямо немедленно, случится что-то очень плохое. Странно даже, что никто в транспорте не видит моего состояния. Мне хочется спрятаться, стать маленькой-маленькой, чтобы никто не нашёл. В этот момент отолоуф идёт на посадку.

Как я дойду от остановки до дома, даже не представляю, потому что меня уже трясёт. Никогда ещё такого не было, но мне страшно! Страшно, и будто бы кого-то не хватает. Неужели в симуляции я была на Грани? Такое может быть, если умираешь в симуляции, но ведь пятёрка стоит, значит, я не умерла. Что же тогда случилось?

— Лиля, что с тобой? — слышу я папин голос, едва только вываливаюсь из отолоуфа. — Что случилось?

— Папа... Папа... — шепчу я, почти себя не контролируя.

Меня трясёт так, что я уже даже стоять не могу. Неизвестно откуда взявшийся здесь папа подхватывает меня на руки, унося как маленькую. Я не вижу, куда он меня несёт, потому что крепко зажмуриваюсь, чтобы не видеть, что именно меня убьёт. Я так чувствую себя, как будто на грани смерти. Папа останавливается, что-то тихо шипит, и я... я, кажется, засыпаю, потому что в следующее мгновение мы вдруг оказываемся дома.

Мне очень холодно почему-то, я открываю глаза и вижу обеспокоенное лицо отца. Он внимательно смотрит в листок распечатки с отличной оценкой и отчего-то хмурится, а на меня волнами накатывает страх, как будто вместо папы сидит Вика, готовящаяся мне как-то по-особенному сделать больно. Я зажмуриваюсь крепко-крепко, пытаясь справиться со страхом, но почему-то у меня ничего не выходит.

— Так, — спокойно произносит папа. — У тебя была симуляция, затем что-то случилось, и теперь ты практически в панике. Всё правильно?

— Д-да, — я отчего-то заикаюсь, но не могу понять, отчего. — Т-там... Ви-вика, но...

— То есть это послужило спусковым крючком, — говорит он. При этом я не вижу, что делает папа, потому что лежу зажмурившись. — Ты со страхом справиться не можешь, в распечатке указан период неуправляемости, интересно...

— Стра-рашно... — признаюсь я, начиная дрожать, кажется, ещё сильнее, потому что собственное заикание пугает меня ещё больше.

— Сейчас мы вызовем медиков, — медленно произносит папа, — и узнаем, что происхо...

Почему-то на словах о медиках мне становится страшно так, что я просто отключаюсь. Просто моментально выключаются все звуки, свет гаснет тоже, потому что я же вижу свет даже через сомкнутые веки. На мгновение становится спокойно, но потом вдруг всё возвращается. Я медленно открываю глаза и совсем рядом с собой вижу постороннего мужчину, отчего чуть не уплываю обратно, но что-то колет шею, и я остаюсь в сознании.

— Изначально такой страх? — интересуется этот кто-то, одетый в красный костюм медика. — И усиливается, я прав?

— Да, — слышу я голос папы. — Пока нёс, дрожала так, что усыпить пришлось.

— Очень интересно, — замечает врач, погладив меня по руке. — Раньше такого не было?

— Никогда, — подтверждает отец, которого я только слышу, но не вижу. — Сильно она меня удивила, даже больше, чем распечатка симуляции.

— А что там? — поворачивается к нему доктор. — Что-то необычное?

— Указан период неконтролируемой симуляции больше двух третей времени, — совершенно непонятно для меня отвечает папа.

— Во-от как! — восклицает врач, снова повернувшись ко мне. — Тебе страшно... Что-то может случиться или что-то отсутствует?

— Кт-то-то от-отсутствует, — пытаюсь я говорить связно. — И от эт-того...

Доктор хмыкает, прикладывает к моей шее инъектор, продолжая разговаривать с папой о чём-то непонятном, а я от страха всё не могу успокоиться. Проходит минута, другая, мне уже так страшно, что и не сказать, как... И тут вдруг я чувствую кого-то близкого. Я даже почти вижу его сияющую фигуру, к которой бегу, бегу и всё никак не могу добежать. Наверное, я сплю...

# Глава двадцать первая

## АЛЕКСАНДР ТИХОНРАВОВ

Родителей я, конечно, шокировал, а где-то и напугал, но мама быстро взяла себя в руки, довольно спокойно, как мне показалось, обняв меня. Сказать, что моё поведение меня самого удивило — значит просто промолчать, потому что я в шоке от себя. И вот что ещё странно — далеко отходить от родителей мне не хочется, как будто я их давно не видел или же терял. Возможно, в симуляции, но ведь такое же не практикуется?

Что со мной происходит, я не очень понимаю, моё поведение и отца смущает, я вижу. За ужином мне будто опять чего-то не хватает… Или кого-то? Я будто рефлекторно проверяю сидящего рядом, в последний момент останавливая себя, на что родители переглядываются. Мама становится очень серьёзной, а папа задумывается о чём-то, только я не очень понимаю, о чём. Внутреннее ощущение какое-то странное…

— У тебя была симуляция сегодня? — спокойно интересуется мама. — Распечатку принеси, пожалуйста.

— Да, мама, сейчас, — я откладываю вилку и направляюсь в комнату к считывателю.

— Да, странно, согласен, — слышу я голос отца, когда возвращаюсь.

— Вот, пожалуйста, — протягиваю я распечатку, садясь обедать дальше.

И вот тут до меня доходит: раньше я так не поступал! Не было такого, чтобы я всё откладывал и немедленно шёл выполнять просьбу предков. Мы вообще в последнее время не ладили, а сейчас я просто себе не представляю, как можно не ладить с ними, ведь это же родители! Видимо, что-то изменило меня в симуляции, но такого же не бывает?

— Опаньки, — таким же спокойным тоном говорит мама. — Вить, ты только посмотри.

— Вот прямо так? — удивляется папа.

А я продолжаю есть. Раньше я бы подскочил, заинтересовался, а сейчас я веду себя совершенно не так! И это странно даже для меня самого, что очень необычно. Меня это немного пугает, честно говоря, поэтому еду я чуть ли не всасываю, ощутив укол неудовольствия, как будто хотелось мне чего-то другого. Отложив вилку, я молча смотрю на маму, но разговор начинает папа, положив распечатку перед собой.

— Сын, — произносит он. — Здесь написано, что две трети времени симуляция Мозгом школы не управлялась. Ты знаешь, что это значит?

— Проверяешь? — улыбаюсь я. — Это значит, что или

управление было внешним, или моё сознание находилось вне симуляции.

— А теперь подумай, что ты только что сказал, — предлагает мне мама.

И я думаю. Если управление было внешним, то это может быть планетарный Мозг. Зачем, правда? В этом нет никакого смысла, а к бессмысленным действиям нейросекционный Мозг не склонен. Насколько я знаю, ни одна из существующих моделей... Это только люди могут делать то, что не имеет смысла. Тогда методом исключения получается, что моё сознание отсутствовало в симуляции, при этом находясь в ней. Как такое может быть, мы подумаем после, но что это в результате значит?

— То есть правил не было, — доходит до меня, что пытаются сказать родители. — Я мог вас... И поэтому сейчас? — договаривать не хочется.

— Да, сынок, — кивает отец, потянувшись погладить меня по руке. — Ты мог нас потерять, поэтому изменился. Скажи мне, пожалуйста, это единственное, что тебя беспокоит?

— Нет, папа, — качаю я головой. — Мне будто не хватает кого-то или чего-то. Причём иногда меня просто толкает бежать не знаю куда...

— Завтра, если ничего не случится, — произносит мама, ещё раз переглянувшись с папой, — мы возьмём тебя с собой в Базу Флота, там есть возможность диагностики.

Что за диагностика, я не уточняю и этим, похоже, опять удивляю родителей. Мне кажется это неважным, а вот почему именно так кажется, я не задумываюсь. Мне на самом деле есть о чём подумать. Если сознание находилось вовне, то с ним могло происходить что угодно, вплоть до фантастики. Но фантастика на то и фантастика, что не бывает.

— Пойдём, в шахматы поиграем, — предлагает мне папа, на что я немедленно соглашаюсь.

Если я правильно помню, это впервые лет эдак за пять. Тем не менее желания отказаться вообще нет, поэтому я сажусь за доску. Шахматы у нас классические, двумерные, поэтому доска мне что-то напоминает, но вот что — не могу вспомнить. Папа хочет отдать мне белых, но я качаю головой, зажимаю в кулаках чёрную и белую пешки и предлагаю ему выбрать, что вызывает у папы удивление.

— Интересный подход, — говорит он, выбрав белую пешку. — Ну, давай начнём классически.

Он двигает пешку, и тут я вдруг понимаю, как нужно продолжать. Папа играет, всё с большим удивлением поглядывая на меня, а я просто вижу игру на несколько ходов вперёд, знаю, как нужно провести пешку, куда поставить коня, чтобы в результате забрать ферзя, поэтому спустя где-то полчаса я объявляю мат. И стоит мне это сделать, как наитие отпускает меня, а отец ошарашенно смотрит на доску, переводя затем взгляд на меня.

— Ну-ка, давай ещё раз, — предлагает папа, развернув доску.

На меня снова снисходит то самое состояние, которое я только что испытал, но в какой-то момент отец останавливает меня, потянувшись за коммуникатором. Привесив его над доской, он включает запись, чтобы, видимо, заснять всю партию, затем делает свой ход. Через несколько минут партия оканчивается вничью, а папа набирает номер.

— Димитр? — интересуется он в коммуникатор. — Посмотри на запись, тебе эта партия ни о чём не говорит?

— А мотив? — слышу я голос папиного товарища по работе.

— Сын после симуляции необычно себя ведёт, — объясняет отец. — При этом симуляция была неуправляемой.

— Это защита Каро-Канн, — спустя некоторое время произносит Димитр. — Но вариант мне неизвестен. Запиши его, передадим шахматистам, может, скажут чего.

— Вот так… — задумчиво говорит папа. — Закрой глаза! — вдруг резким требовательным голосом командует он. — Отвечай, не задумываясь! Тебе не хватает оружия?

— Нет, — качаю я головой, пытаясь ощутить снова на мгновение возникший образ.

— Девушки? — продолжает он допрос, но в этот момент очень сильная головная боль чуть не лишает меня сознания. — Стоп!

Меня укладывают на диван, шипит инъектор, отчего головная боль медленно исчезает. Что это было, я, впрочем, не понимаю, зато понимают отославшие меня спать родители. Учитывая, как хмурится папа, он точно понимает, что именно происходит, но мне не говорит, а я вдруг чувствую себя настолько усталым, что с радостью иду в кровать.

Что мне снится, я не помню, разве что услышанный краем уха диалог. Мне кажется, что он касается именно меня, но как — я не знаю.

— *А мне сказали, что мы на всю жизнь. Ты меня не*

*бросишь?* — слышу я девичий голос, спрашивающий с такой надеждой, что слов таких нет, чтобы это описать.

— *Никогда-никогда...* — звучит в ответ с абсолютной уверенностью.

И я понимаю: действительно никогда. Вот только во сне я чувствую кого-то, кого нужно обязательно защитить. Кто же это, кто?

## ЛИЛИЯ НАЙДЁНОВА

— *Не бойся, не нервничай,* — мягко просит меня какой-то очень родной голос, а я понимаю, что всё ещё сплю. В этом сне обо мне заботятся, однако я не вижу лица того, кто это делает. Только ощущаю ласку, к которой тянусь всеми силами, и слышу голос, влекущий меня так, что я не в силах сопротивляться.

Во сне я не задумываюсь о происходящем, просто чувствую себя в безопасности рядом с этим человеком, но стоит лишь мне проснуться, и страх опять возвращается. Я просто не чувствую себя в безопасности. Мне кажется, что безопасно может быть только с тем человеком из сна, только он дарит мне покой и уверенность, но наяву его нет, а это значит — может случиться что угодно.

За окном встаёт солнце, я же понимаю, что мне сейчас придётся идти в школу, а там — яро ненавидящая меня за что-то Вика и её подпевалы. Сначала она пыталась меня высмеивать, обзывала то шарионом[1] с Тукана, то экипоком[2] с дельты Кассиопеи, но это меня не сильно трогало, потому что папа сказал: «Кто как обзывается, тот сам так называется»... Тогда она начала красть мою одежду во время симуляций и тренировок. Это было уже более болезненно, но я быстро научилась правильно прятать и закрывать сумку на молекулярный замок. А взлом его приравнивается к краже, поэтому здесь у неё вариантов не было. Но совсем недавно Вика начала меня просто подкарауливать и бить. Я, конечно, даю сдачи, но она сильнее и дерётся нечестно — то импульсником ударит, то за бельё дёрнет. Я чего на комбинезоны перешла? Вот за него можно дёргать до посинения сенсора.

Не хочется идти в школу, потому что опять драться придётся, я же вчера от неё сбежала, а кто знает, что эта крыса придумает? Тут главное — с девчонками быть, если Вика меня одну поймает, то может импульсником в нервный узел ткнуть, а боль при этом такая, что хочешь просто сдохнуть, ну и описаться можно от боли тоже.

— Проснулась? — интересуется папа, заходя ко мне в комнату. — Скажи честно, тебя травят?

— Ну-у-у-у, — я тяну паузу, потому что не знаю, что ответить.

Жаловаться нельзя — тогда бить будут вообще все, а врать я не хочу. Папа кивает и выходит из комнаты, я же вылезаю из-под одеяла, чтобы юркнуть в ванную. Нужно принять душ, ну и прочими девчачьими делами позаниматься. О том, что меня ждёт в школе, и о сути папиного вопроса я подумаю попозже. Поскорей бы выпуск, или чтобы эту Вику кто-то убил, что ли... Иначе рано или поздно это буду я.

Закончив в ванной, я одеваюсь, чтобы двинуться на кухню — надо позавтракать, а потом уже и собраться. Не хочу в школу, просто совсем не хочу... Стать бы сейчас маленькой-маленькой и спрятаться, но это невозможно.

Просто невозможно стать маленькой, значит, надо встречать грудью свою судьбу, даже если она выступает в виде злобной крысы.

— На, дочь, — вздыхает папа, кладя передо мной настоящий блюстительский импульсник. — Используешь, если выхода не будет. Или дашь импульс в небо.

— Зачем? — удивляюсь я, даже не подозревая о таком использовании прибора.

— Импульсник блюстительский, — объясняет отец, ласково погладив меня по голове, что оказывается неожиданно приятно, поэтому я даже тянусь за его рукой, чтобы он ещё погладил. — Поэтому он даёт сигнал, понимаешь?

— Ура... — шепчу я, поняв, что в случае чего помощь будет.

Правда, если я решусь нажать кнопку, потому что это очень больно — мне ли не знать, как именно это больно... Решусь ли я? Не знаю, вот просто совсем. Но это хоть какая-то уверенность, наверное. Страх становится не таким сильным, а ещё как-то спокойнее мне от этого. Поблагодарив папу, я уже спокойнее доедаю завтрак. Отобрать у меня блюстительский импульсник нельзя, потому что папа его «привязал», правда, я не знаю, что это значит, но, наверное, что-то важное.

Предчувствие у меня странное, ну и страх ещё, конечно. Нужно собираться, но так не хочется, просто ужас как. Возникла даже малодушная мысль прогулять школу, но тут же умерла. Санкции за прогул очень серьёзные, и об Академии после такого я могу забыть, меня просто не возьмут. Ну и социальный индекс, конечно. Поэтому лучше уж Вика, чем поставить на себе крест на всю жизнь.

Я понуро залезаю в отолоуф, чтобы лететь в школу, в мой личный ад последние несколько месяцев. Но в кармане у меня импульсник, он дарит надежду на то, что всё будет хорошо. Может быть, сегодня пронесёт? Транспорт летит над парком, а я вспоминаю свой сон. Там был кто-то очень близкий, защитивший меня от большой опасности, и ещё он обещал, что не бросит. Жаль, что это был только сон...

Отолоуф приземляется, я выскакиваю из него, сразу же внимательно оглядевшись. Вроде бы моей мучительницы нет, значит, можно попытаться пробраться на занятия. Я быстро бегу в корпус, залетая в класс. Всё, здесь она точно бить не будет, потому что это драка, а драки в классах запрещены. Я выдыхаю и уже собираюсь сесть, когда по какому-то наитию проверяю стул рукой. Пальцы цепляют что-то, я оглядываю поверхность стула, в первый момент ничего не заметив, но вот потом вижу небольшой пакетик. Аккуратно отдираю его от стула и кидаю в урну, откуда доносится тихий «Пуф!».

Понятно всё, подложили на стул замаскированный термический пакет, вполне способный прожечь одежду насквозь, чтобы я голым задом сверкала, да ещё и от ожога в таком месте мучилась. Крысы есть крысы, вон как разочарованно переглядываются... Внутри появляется желание убить всех, но оно быстро тает, потому что я вижу обещающий взгляд Вики. Мне становится очень страшно от этого взгляда, а моментально ставшая мокрой ладонь с трудом нащупывает импульсник в кармане.

Впрочем, уроки идут как обычно. Меня, конечно, пытаются столкнуть с парящей платформы, поставить подножку, даже чем-то кинуть, но это всё привычно, поэтому я действую уже рефлекторно — уворачиваюсь, пригибаюсь, отхожу в сторону, давая путь той, что меня сталкивает. Марина не удерживается и медленно, в поле безопасности, падает вниз, где её уже ждёт куратор класса.

Убедившись, что всё вроде бы хорошо, я выскакиваю из школы и тут же сильный удар в лицо вышибает из меня сознание. Открыв глаза, я понимаю, что с меня почти стащили комбинезон. Почему-то двинуться я не могу, зато вижу, как злобно улыбающаяся Вика медленно подносит импульсник прямо… туда. Она видит, что я очнулась, отчего начинает улыбаться ещё более злобно и уже почти готова нажать кнопку. Перед моими глазами вдруг проплывает сцена из сна…

— Са-а-аша! — истошно кричу я. — Спаси!

Вика начинает ржать, но вдруг куда-то пропадает, а прямо передо мной, закрывая от крыс, обнаруживается тяжело дышащий парень. *Он… пришёл?*

# Глава двадцать вторая

## АЛЕКСАНДР ТИХОНРАВОВ

Просыпаюсь я, как обычно, встаю с кровати и непонятно зачем начинаю делать комплекс упражнений. Раньше я его не делал, но руки и ноги будто сами знают, что нужно, поэтому я позволяю себе делать то, что мне кажется правильным. Естественно, открытую дверь я не замечаю, перейдя от разогрева к ударам и толчкам, да так, что воздух, кажется, гудит под моими кулаками.

Я, конечно, знаю, что всем в организме управляет мозг, поэтому за состояние мышц не беспокоюсь, всё-таки я каждый день и бегаю, и отжимаюсь, и подтягиваюсь — тело должно быть в форме. Но вот такое со мной впервые. Закончив, я понимаю — надо в душ, куда и прыгаю. Зачем-то меняя температуру воды — от горячей до холодной, я ощущаю себя заново родившимся, только вот чего-то мне не хватает. Тяжело вздохнув, прямо в душевой надеваю комбинезон, хотя он мне и не сильно нравится, но вся остальная одежда вызывает просто отвращение.

— Значит, ещё и боевые искусства, — заключает папа, обнаружившийся у двери. — Вдвойне интересно. Ну что, воин, пошли завтракать.

— Здравствуй, папа, — здороваюсь я, ощущая себя полным сил и энергии.

— Здравствуй, сын, — соглашается он. — Сегодня после школы, если ничего не случится, едешь на Базу.

— А что может случиться? — удивляюсь я.

— Понимаешь, сынок… — отец рассказывать не хочет, но у него есть какое-то подозрение. — Это только предположение, его надо проверить.

— И всё-таки? — заинтересовываюсь я.

Действительно интересно, тем более что мой сон чётко говорит о том, что я должен кого-то защитить. Жаль, что это только сон, но, может быть, не только?

— Ты знаешь, что бывают разные Дары, — медленно произносит папа, будто и сам не веря в то, что говорит. — Есть мнение, что симуляция разбудила твой.

— Интересные сказки, — соглашаюсь я, почему-то не решаясь спросить, какой именно дар имеется в виду.

Дальше мы завтракаем молча. Я раздумываю о дарах… Или, как сказал папа, выделив это слово — о Дарах. Эту сказку людям принесли аэлии ещё во время Первого Контакта. Не того, во время которого в их корабль люди ракетами пуляли, а настоящего. По преданию, человек с даром Хранителя стал всем для хранимой им девочки народа аэлии. Только поэтому аэлии вообще снизошли до общения с людьми.

Так вот, существует несколько основных Даров. Откуда они возникают — неизвестно, но проявляются всегда неожиданно, хотя диагностировать их возможно.

Есть Пилоты, Навигаторы, Воины и самые загадочные — Хранители. О последних известно меньше всего, зато пара Хранитель — Хранимый — она навсегда. Эти двое становятся фактически одним целым, а у их детей чаще всего несколько даров. То есть, с одной стороны, мечта, а с другой — это на всю жизнь, и как создаётся такая пара, вообще никакой информации нет. Так что тут даже и не знаю...

Впрочем, как у нас говорят, дар не спрашивает, так что если он есть, то я это узнаю. Может быть, даже и сегодня. А пока надо в школу собираться, сегодня будет лекция по поводу не знаю чего. Неинтересно мне это было перед симуляцией. А теперь даже и не знаю. Как-то у меня изменился взгляд на вещи в последние сутки.

Простившись с отцом, заскакиваю в стоящий на остановке отолоуф. «Как будто меня ждал», — думаю я, когда транспорт идёт на взлёт. Всё-таки странное у меня предчувствие, как будто что-то очень важное сегодня решится. Ну а пока не решилось, я лечу к школе, фиксируя обстановку вокруг — кто знает, зачем... Не понимаю я некоторых своих действий, отчего мне невесело, конечно, но, с другой стороны, ничего особо страшного в этом нет.

Вылезаю из транспорта, отправляясь в сторону школы. Мимо девчонка какая-то проносится, явно опасаясь нападения. Девчонки наши когда-нибудь доиграются. Или учителя с их потаканием травле... Сорвёт у кого-нибудь башню, и будут трупы. Мало ли как они в своих симуляциях выживают... В общем, доиграются они рано или поздно. Вообще, странная логика у учителей — не замечать таких вещей. Может, у них и есть какая-то великая цель, да только мне она кажется не сильно оправданной.

Ладно, в любом случае, дело это пока что не моё, вот выпущусь — поинтересуюсь у наших учителей, в каком месте у них мозги произрастают, если они вообще это слово поймут. Чего я так разозлился-то? Неужели из-за вида испуганной девчонки? Необычно это, честно говоря, хотя для меня, кажется, нормально.

Захожу в класс, но сажусь не на обычное место, а так, чтобы подобраться ко мне со спины было невозможно, что незамеченным не остаётся. Учитель удивляется, приятели улыбаются, особенно Ванька — он-то давно так садится. Значит, и у него что-то такое было в симуляции, чего он, естественно, не помнит. Ладно, что у нас сегодня?

— Сегодня мы с вами обсудим отдалённые последствия симуляций, — будто отвечая на мои мысли, сообщает учитель.

Угу… Вот я сейчас, судя по всему, имею отдалённые последствия именно симуляции, судя по тому, как изменился. Но вот то, что говорит учитель, — оно странное. Кажется, он нас хочет убедить в том, что эти последствия нам кажутся, а на самом деле ничего нет. Я несколько ошарашенно переглядываюсь с Ванькой — врать-то зачем? Зачем учитель сообщает тем, кто испытывает на себе симуляции, заведомо недостоверную информацию?

Этот вопрос меня мучает весь день, я просто не нахожу логических ему объяснений. Да и ответа не нахожу. Логически рассуждая, ответа нет, а вот эмоционально… Но я не ребёнок для эмоционального объяснения, поэтому успокаиваюсь и ищу объяснение.

Глубоко погрузившись в свои мысли, я сам не замечаю, как оказываюсь на школьном дворе. Какое-то ощущение резко выдёргивает меня из размышлений.

Опасность! Резко оглянувшись с целью обнаружить опасность, вдруг слышу:

— Са-а-а-аша! Спаси! — голос этот мне незнаком, но вот интонации…

Это интонации из моего сна. И я, больше не раздумывая, срываюсь с места, молнией метнувшись в сторону крика. Сознание фиксирует трёх девчонок. Одна голая лежит на траве, вторая её держит, а третья пытается совершить непотребное гражданским импульсником. Моментально озверев, я, не задумываясь, сметаю в сторону ту, что с импульсником, закрывая лежащую девочку ото всех. Я чувствую, что должен, просто обязан её защитить, поэтому, оттолкнув вторую девчонку, склоняю голову и оскаливаюсь.

— Саша… — произносит девушка, с трудом пытаясь одеться. — Ты пришёл…

— Я же обещал, — я не знаю, почему произношу эти слова. Они сами вылетают, как что-то совершенно естественное, будто что-то внутри заставляет меня. И я добавляю: — Я тебя никогда не брошу.

В этот момент в небо с шипением уходит фиолетовая звёздочка разряда импульсника, а в ответ буквально рядом с нами резко приземляется мобиль Блюстителей.

## ЛИЛИЯ НАЙДЁНОВА

Выскочивший из блюстительского модуля папа замирает, встретив взгляд *моего* Саши. Я знаю, я чувствую, что он — именно тот, который спасал меня, поэтому медленно, с трудом встав, обнимаю Сашу сзади, но тут мои ноги подгибаются, и я, почти уже падая, внезапно оказываюсь в его руках. И это так правильно, что я просто плачу, не в силах удержать в себе эмоции.

— Взять этих, — командует папа, своим коллегам, показав рукой на ошарашенных крыс.

— Папа, это он... Это мой Саша! — восклицаю я, обхватывая парня руками, а он прижимает меня к себе, прямо как *тогда*.

— Притянулись, — удовлетворенно кивает мой папа, улыбнувшись. — Ну, пойдём, расскажете.

— Папа, у меня что-то с ногами... — я всхлипываю, потому что ноги, кажется, меня совсем не слушаются.

— Испугалась ты у меня, — очень ласковым тоном произносит Сашка. — Сейчас полежим, и всё пройдёт.

— Не бойся, — кивает папа, показывая в сторону школы, — пойдём. Заодно и разбираться будем, что здесь происходит.

Я себя чувствую в безопасности, так спокойно, как никогда ещё не чувствовала. Сашка держит меня на руках, и я ни за что на свете не хочу, чтобы было иначе. Ему будто бы и не тяжело совсем, он легко несёт меня, улыбаясь так, как будто я — самое большое его сокровище.

Мы входим в здание школы, папа показывает Сашке на диван, стоящий неподалёку от входа. Парень же аккуратно кладёт меня, погладив так ласково, что хочется тихо пищать от захлестнувшего меня ощущения невыразимого счастья. Я улыбаюсь, глядя на него, Сашка же гладит меня так знакомо, с такой нежностью, что я просто растворяюсь в его тепле.

— Хранитель и его Хранимая, — произносит папа. — Как в легендах...

— Да, за всю историю известна только одна пара, — подтверждает его слова незнакомый голос. — Ну, что же, давайте разбираться, что творится в единственной всепланетной школе.

— А ты меня не бросишь? — жалобно спрашиваю я Сашку, как спрашивала во сне.

— Никогда-никогда, — отвечает мне он. Тоже как во сне.

Я плачу, потому что знаю: мы навсегда вместе, что бы ни случилось, мы никогда не расстанемся. Что такое Хранитель, знают даже маленькие дети, потому что это — настоящая сказка. И эта сказка теперь моя... Даже не верится, вот просто совсем, но рядом со мной сидит Сашка и гладит меня. Он меня гладит, а я вспоминаю всё, что с нами произошло в симуляции. Вот только теперь я не уверена, что это была симуляция.

— Не надо плакать, малышка, — так же, как и тогда, говорит мне Сашка. — Правда, теперь мы с тобой — не братик с сестрёнкой.

— Ты вспомнил! — я резко сажусь на диване, уже почувствовав, что управляю ногами. — Ты тоже вспомнил!

— Конечно, — кивает он мне. — Никто не стирает память, а, судя по всему, её просто блокируют.

— Правильно, молодой человек, — доносится до нас голос директора. — Невозможно стереть память, не повредив мозг, ну, а так как вы Хранитель...

— Понятно, — произносит Сашка. Мне непонятно, но я его потом спрошу. — И что теперь? У нас, насколько я помню теорию, с расставанием сложности?

Услышав про расставание, я вцепляюсь в него изо всех

сил, потому что не хочу с ним расставаться. Просто ни за что на свете не хочу. Сашка же гладит меня, успокаивает, а я всё равно держу его крепко-крепко, чтобы он не исчез, ведь я без него не смогу.

— Для этого мы пригласим ваших родителей, — вздыхает директор, всё точно видя. — И вместе решим. Расставаться не надо.

— Ура… — шепчу я, желая спрятаться.

— Я отвезу их домой, — предлагает папа. — Пока к нам, пусть поедут, придут в себя, а там решим, что и как.

— Да, — отвечает ему директор, — хорошая идея.

Я тоже думаю, что это — хорошая идея, поэтому вскакиваю на ноги, не желая отпускать Сашку, на что тот только улыбается, но как-то очень по-доброму. Звёзды! Мы же почти легендарная пара! И симуляция у нас была такая же — о легендарной паре. Это же здорово! И… И… И… Я просто не знаю, как выразить свои эмоции, потому что хочется мне только визжать.

Блюстительский модуль внутри выглядит почти как отолоуф — такие же полупрозрачные стены, удобные сиденья, только в дальнем его конце — решётка, за которой обнаруживается с ненавистью глядящая на меня Вика и рядом с ней — льющая слёзы крыска-прихлебательница, не знаю, как её зовут, да и знать не хочу на самом деле.

— Вы нам расскажете потом, отчего на Лильку так взъелись? — интересуется Сашка, на что папа кивает.

— Конечно, только что-то мне подсказывает, что эту фауну надо в зоопарк, — ну да, папа не очень добрый, потому что он увидел, что со мной хотели сделать.

После такого импульса я бы никогда не могла иметь

детей, если бы вообще выжила. Значит, Вика хотела меня убить... Но за что?! Этого я не понимаю. Теперь, правда, у неё есть только два варианта — или она попадёт к мозгокрутам и станет очень тихой, или её признают неразумной, тогда будет жить в зоопарке, как человекообразная агрессивная фауна. Ну, такие у нас законы.

Что интересно, если бы я её убила в процессе издевательств надо мной, то у меня выбора не было бы — только мозгокруты, потому что фауной в данном случае всё равно была бы Вика, как доведшая до такого.

А вот почему школа не препятствовала, хотя камеры же везде, это блюстители выяснят. Тут я задумываюсь о том, что мог кто-то другой знать, что я — Хранимая, ну, тест там какой-то или анализ... Тогда, если бы меня убили, то пара не состоялась бы, а как бы это на симуляции отразилось? А вдруг и легендарная пара не состоялась? Тогда, получается, это была не попытка меня убить, а заговор против человечества! Надо с папой поделиться моей догадкой.

Что интересно, Сашка тоже меня внимательно слушает и кивает, значит, он думает о том же. А он же не может ошибаться, я это точно знаю. Главное то, что моя версия объясняет всё-всё, что в последние полгода происходило. И Сашка тоже подтверждает, а папа становится очень хмурым, потому что ему не нравится то, что он слышит. Но блюстители разберутся, потому что папа лично заинтересован.

Интересно, а насколько возможен такой заговор? Если очень возможен, тогда получается, что симуляция вовсе не обязательно действительно симуляция. Интересно, узнаем ли мы об этом когда-нибудь? Нужно ли нам это знать?

— Отдыхаете, развлекаетесь, ждёте новостей, — инструктирует нас папа перед тем, как высадить.

— Есть, понял, — кивает Сашка, помогая мне вылезти.

Папа улетает советоваться и разбираться, а я сообщаю своему Хранителю, что очень хочу на ручки, поэтому дальше еду у него на руках. И что интересно… Никто ничего не говорит! Так здорово…

# Глава двадцать третья

## АЛЕКСАНДР ТИХОНРАВОВ

Если хорошо подумать и поверить в фантастику, то Лилькина версия право на жизнь имеет. Но тут возникает несколько вопросов: во-первых, кому это выгодно? Во-вторых, почему из всех моих симуляций я восстановил в памяти только последнюю? Не дай звёзды, Лилька вспомнит, что с ней тот зверь делал, кстати. Было ли это симуляцией вообще? В-третьих, если мы с ней вели этих двоих инопланетян, которых звали так же, как и нас двоих, то что с ними стало, когда они долетели?

Ладно, допустим, кому-то выгодно переиграть историю человечества — совсем не секрет, что есть у нас отщепенцы, хотя они, по-моему, у любого народа есть. Вот будет юмор, если окажется, что людям симулятор подарили только для того, чтобы замкнуть кольцо времени. Впрочем, это мы когда-нибудь узнаем, наверное.

Сейчас я кладу мою Лильку на её кровать, как-то очень спокойно ориентируясь у неё дома. Хотя понятно, почему — квартиры же типовые все, вот и ориентируюсь я. Что интересно, детские в наших квартирах расположены одинаково, хотя это не регламентируется, но, если провести линию от её дома к моему, получится, что наши окна друг на друга смотрят. Совпадение ли это? Или кто-то знал изначально? И то, и другое может быть верно.

— Саша, а я снова малышкой не стану? — интересуется Лилька, с тревогой вглядываясь в моё лицо.

— Нет, маленькая, — привычно отвечаю я. — Здесь у тебя не было того кошмара…

— Я помню, — говорит она мне. — Только в дымке какой-то… А! Вот что я вспомнила — тело девочки было изменено, но не отвечало, а почему?

— На ласки? — переспрашиваю я, а увидев кивок, объясняю, как это понимаю сам. — Понимаешь, тело надо будить, само оно не просыпается, то есть дело не в том, что ты маленькая по меркам своего народа.

— Ага… — тянет Лилька, а потом просит: — Обними меня, пожалуйста. Так страшно без тебя…

— Ты больше никогда не будешь без меня, — обещаю я ей, поглаживая по голове.

Лилька расслабляется, и я это вижу, мне очень нравится наблюдать за тем, как её отпускает напряжение, как она просто улыбается, уже совсем не думая о плохом. В этот момент я понимаю — да, мы действительно вместе. Несмотря на то что я просто не представляю себе, как можно жить без этого чуда, мы вместе, просто потому что мы есть. На свете есть «мы», вот что важно.

Ожившая память сделала меня немного старше. Всё-таки опыт мужчины, которым я был в той «симуляции», он тоже играет свою роль. И вот, пользуясь тем опытом, я понимаю: для меня нет никого дороже и важнее моей Лильки. Очень-очень хорошо, что мы есть друг у друга теперь. Даже несмотря на некоторую «чудесность» и недостоверность происходящего. Ну, с моей точки зрения… Как-то слишком демонстративно травили Лильку. Не скажу, что так не делается, но при этом девчонка, неизвестно где раздобывшая импульсник, демонстрировала готовность убить мою девочку, но делала это медленно, а такого не бывает, разве что у неё башню сорвало настолько, что она хотела насладиться страхом жертвы.

Ну, подождём родных и близких, узнаем, что они нам в клювиках принесут. А пока мне Лильку покормить надо, поэтому я беру её на руки и двигаюсь на кухню. Все жилища у нас типовые, поэтому проблем не вижу. Я готовлю еду, не доверяя автоповару, причём не потому, что он плохо готовит, а потому, что он просто не знает того блюда, что я хочу приготовить. И вот, пока я готовлю еду, у меня есть возможность подумать о нашей предназначенности друг для друга.

Если предположить, что ушастая цивилизация с помощью временной петли устроила так, чтобы Лилька выжила, а я её спас, тогда всё объясняется. А могли они подобное устроить? Ещё как! Ведь наши с ней тела были «темпорально-модифицированными», то есть налицо игры со временем. Значит, если они могут такое сотворить с телом, почему бы не увеличить шансы ребёнка выжить? Алилиэль выжила только потому, что, во-первых, её сознанию помогала Лилька, закрывая от особо тяжёлых вещей, а во-вторых, потому что у неё был я. Но мы были только позавчера, а спасение произошло полтора века назад. Пока всё непротиворечиво.

Глупые отщепенцы, наверное, посчитали, что девочка выжила бы и так, но на самом деле нет, а за гибель своего ребёнка аэлии стерилизовали бы планету, закончив историю человечества. Но это я понимаю... Могут ли они этого не осознавать? Да легко! Ведь я понимаю, потому что был там, а их там не было. Приняли как версию... Так, подготовка продуктов завершена, а вот с варкой автоповар справится, потому включаем и поворачиваемся к Лильке.

— Сейчас поедим борща, — сообщаю я ей, погладив по голове, как она любит. — А там и родители большой толпой придут, узнаем, что у нас с будущим.

— Всамделишного борща? — удивляется Лилька, пропуская мимо ушей вторую часть моей речи.

— Конечно, самого настоящего, — киваю я, и тут автоповар сигнализирует о готовности блюда.

— Здорово... — шепчет моя девочка.

Я разливаю борщ по тарелкам, отрезаю по куску хлеба, обнаруживаю отсутствие сметаны, тяжело вздохнув. Но борщ получился вкусным, несмотря на то что собственно варка была произведена автоматикой. Вкусно, да. Лилька тоже ест с большим удовольствием. Соскучилась она, видать, по привычным для нас обоих блюдам, ведь на Земле прошло полтора века, многое забылось — от вполне классической защиты в шахматах до борща. Кстати, надо будет историю почитать, посмотреть, как объединение происходило, а то я что-то мало помню. Видимо, до симуляции был оболтусом.

В общем-то, это всё логично — я же подростком без

царя в голове был, так что не вижу проблемы. Что не доучил, доучу. Главное, что всё плохое точно закончилось, а с трудностями справимся. Что это за трудности такие, мы тоже ещё посмотрим, потому что особых проблем я не вижу. Школу закончим, куда денемся, а дальше нам родители объяснят, куда нас в таком составе теперь примут. То есть всё хорошо…

— Очень вкусно, — хвалит моя девочка, солнечно улыбаясь. — Ты как будто кусочек себя вложил.

— Это ты просто соскучилась, — объясняю я ей, не забывая погладить. — Но теперь уже точно всё в порядке.

Против этого факта Лилька совсем не возражает, утвердительно кивнув. Стоит нам только доесть свои порции, входная дверь гудит, открываясь, что означает — двойной комплект родителей прибыл, и теперь нам будут рассказывать о нашем будущем. Очень хорошо и вовремя — борщ ещё горячий.

## ЛИЛИЯ НАЙДЁНОВА

Вместе с родителями на кухню входит и аэлий — «ушастый», как их Сашка называет. Что-то в нём есть такое родное, хочется обнять его, что ли… Я даже прижимаюсь к Сашке, давя искушение, а этот самый аэлий подходит к нам поближе и вдруг обнимает обоих. Я вижу, что мой Хранитель что-то начинает понимать, но сама ещё не осознаю. Аэлии, конечно, дольше людей живут, но не настолько же?

— Здравствуйте, мама и папа, — тихо произносит аэлий по-русски. — Вы давно ушли, но я никогда вас не забуду.

— Ты — наш сын? — вдруг доходит до меня, когда я замечаю его сходство с «теми» нами.

— Да, мама, — кивает он, видимо, совершенно не желая выпускать нас обоих из объятий. — Давайте присядем?

— И поедите как раз, — добавляет Сашка, улыбнувшись. — Я тут борщ приготовил.

— Настоящий борщ? — у обнимающего нас «ушастого» буквально загораются глаза, и тут я понимаю: это действительно наш сын, точнее, сын тех «нас», что уходили с Земли.

Понимает это и мой Хранитель, разливая приготовленное по тарелкам, при этом он объясняет аэлию, что сметаны нет, но и так неплохо получилось. А родители — что мои, что Сашкины — сначала удивлёнными глазами смотрят, как аэлий с наслаждением и со слезами на глазах ест стряпню моего Хранителя. Затем мама пробует новую для неё пищу, начиная улыбаться, и Сашкины родители уже вовсю наворачивают. А я стою, чувствуя обнимающие меня руки самого близкого человека на свете.

Стоит взрослым насытиться, как мой папа предлагает всем пройти в комнату, чтобы поговорить. Это имеет смысл, поэтому Сашка тоже кивает, мы же ждали этого. Родители рассаживаются, аэлий садится поближе к нам, а мне комфортно на Сашкиных коленях. Начинает разговор мой папа, хорошо понимающий, что именно нас интересует в первую очередь.

— Нам удалось установить следующее, — вздыхает он, посмотрев на меня, точнее, на то, как Сашка меня обнимает. — Школа попустительствовала травле, считая это возможностью укрепить навыки выживания. С дирекцией и учителями разбираются компетентные товарищи. Есть мнение тем не менее, что там не всё так просто.

— Вика эта, она нормальная? — уточняет Сашка.

— Ты понял, — кивает мой папа. — Девочка сошла с ума в одной из симуляций, но помощи ей оказано не было, вместо этого её нацелили на тебя.

— Мотив же должен быть? — удивляется мой Хранитель, успокаивающе поглаживая меня по спине.

— Личная месть, — коротко отвечает отец. — Отомстить хотели мне, понимаешь?

У-у-у... А я уже такие теории понастроила, а тут оказывается обычная месть через близкого! Я помню такое, поэтому даже не особо и удивляюсь. Папа кому-то дал по рукам, ему решили отомстить, сломав меня. Даже не подумав, что бы он с ними всеми за это сделал. Люди иногда очень глупые. Но хотя бы не заговор против человечества, и то спасибо.

— Понимаю, — киваю я. — А что будет с нами? Экзамены же симуляционные?

— Нет, мама, — отвечает мне сын меня «той». — После раскрытия дара симуляции запрещены.

— Стоп, — спокойно произносит мой Сашка. — Тогда возникает простой вопрос: не с целью ли инициации Даров был создан симулятор?

— Да, папа, — кивает аэлий, очень по-человечески улыбаясь. — Наша цивилизация была благодарна за спасение Алилиэль, поэтому люди получили возможность развития.

— Именно поэтому у вас не будет больше симуляций, — объясняет нам моя мама, — а будут выпускные экзамены и поступление в Академию без конкурса. Ведь это ваше общее желание?

— А жить мы где будем? — спрашиваю уже я, потому что мне важно это знать. Я не расстанусь с Сашкой ни за что на свете, но ведь и родители же важны.

Вот тут открывается «страшная» тайна. Не зря все дома типовые, они созданы из модулей именно для подобных случаев, поэтому модуль квартиры от Сашкиного дома будет перенесён к нашему. У нас просто будет большая квартира на две семьи, а мы с Сашкой будем жить у меня в комнате, потому что я так хочу. Родители подтверждают, что мы пара Хранитель — Хранимая, и нас ни за что не будут разлучать. Самый большой сюрприз для меня при этом в том, что Хранимая — это тоже нужный дар. Правда, чем он нужный, никто не признаётся, но это и не важно, по крайней мере, для меня сейчас. У меня Сашка есть, значит, всё хорошо.

А ещё аэлий по имени Тиан просит разрешения к нам приезжать, что мы разрешаем, конечно. Пусть рожала и воспитывала его не я, но ему это очень важно, а нам не жалко. Воспринимать его сыном, конечно, очень сложно, но от нас этого и не требуется.

Пока родители занимаются объединением и размещением, я утаскиваю Сашку в свою... в нашу комнату. Нам нужно к экзаменам готовиться, они у нас будут теоретические только, что мне нравится, потому что будить во мне больше нечего, а без попыток выжить я как-нибудь обойдусь. Сейчас мне хочется только, чтобы мой Хранитель был рядом, чтобы ничего не происходило и... и всё. Потому что на самом деле я сейчас только усталость чувствую и больше ничего.

Вообще-то, странно всё это — и произошедшее, и то, что мы сейчас испытали, даже наша память вызывает вопросы. Ощущение такое, как будто мы сами сейчас находимся в каком-то варианте симуляции, чувствуется какая-то натянутость, что ли. С другой стороны, теперь мы будем вместе всегда, и неважно, что будет потом. Интересно, что Сашка думает по этому поводу?

— Саш, а тебе не кажется, что есть какая-то нереальность в происходящем? — интересуюсь я у своего Хранителя.

— Ты имеешь в виду, что всё как-то быстро разрешилось? — улыбается мне он. — Есть, конечно. Но всё объяснимо — и то, что быстро выяснили, что произошло, и даже аэлий явился, но как-то... Я тебя понимаю. С другой стороны, всё разрешилось же...

— Очень боюсь проснуться в гостинице на Земле и осознать, что всё было сном, — признаюсь я ему. — И космос, и ты...

— Я — точно не сон, — Сашка прижимает меня к себе. — А если всё остальное было сном, то и ничего страшного, мы с тобой точно выпутаемся из любой ситуации.

— Потому что это же ты... — соглашаюсь я.

Я действительно боюсь проснуться и узнать, что всего пережитого не было, но, несмотря на это, я знаю, я верю — Сашка будет всегда. Иначе не может быть, потому что я без него не могу, и, как я теперь понимаю, он без меня — тоже. Мы едины во всех временах, во всех ситуациях и во всех испытаниях. Дело даже не в Даре, дело в том, что это же он! Это мой Сашка.

# Эпилог

## АЛЕКСАНДР ТИХОНРАВОВ

Аудитория наполняется шумом голосов. Я прижимаю к себе свою Хранимую, глядя на друзей, потому что мы все здесь друзья. Занимаясь одним и тем же делом, мы дружим, не стесняясь проводить вместе время. Выходцы из разных миров, времён и культур, мы всегда помним, что в первую очередь каждый из нас — разумное существо.

— Итак, мы с вами были свидетелями работы наших коллег, — куратор нашей группы явно озадачен, что он демонстрирует, почёсывая надбровный рог. — Не всё оказалось гладко, реципиенты чувствовали наше воздействие, но и результат выше всяких похвал.

Мы — Хранители. Мы храним разум в мирах, поэтому в каждой линии в один промежуток времени встречается только одна пара. Хранящая — самая главная, ведь она проверяет мир и даёт шанс стать разумными его обитателям. Хранитель — защитник и помощник своей Хранящей. Сейчас мы показывали коллегам результат двойного погружения. Такая работа считается филигранной и очень важной.

Человечество в этой линии миров было уничтожено, а гибель каждой цивилизации, пусть даже в изолированной линии — большая трагедия. Но тут работа осложнилась ещё и тем, что в начальную точку проникнуть оказалось невозможным. Причин этому может быть великое множество, но вот в данном случае этой причиной оказалась некоторая многовариантность изначальной точки, поэтому почти невозможно оказалось её нащупать.

Люди, да и другие разумные с даром Хранителя, рождаются в каждом мире. Просто их единицы. В каждом временном отрезке — лишь одна пара, и никак иначе, притом что это должна быть именно пара. Потому что нас обоих хранит наша любовь. Лилька расслабляется после показа, прикрывает глаза, опираясь на меня, значит, хочет подремать.

Причиной уничтожения землян оказалась некоторая безалаберность цивилизации Аэлия. Игры с энергией времени чуть не поставили дитя цивилизации на грань, и активация дара стала спасением совсем маленькой девочки. Имена их тоже не случайны, как и наши с Лилькой. Но так просто получается, это, как куратор говорит, закон Мироздания.

Наши реципиенты стали управляющими, сначала предотвратив уничтожение планеты, а вслед за этим став причиной дружбы двух цивилизаций. Они и не знали, что их мягко мотивировали, потому что в этом просто не было необходимости. Необходимость была только в активации спящего дара. Это, кстати, и есть наша основная задача —

угадать момент, в который можно активировать собственный дар реципиента.

Впрочем, сейчас уже и не важно. Нас впереди ждут новые задачи, а у меня Лилька, между прочим, утомилась. Это значит, что, когда обсуждение закончится, мы рванём домой. У нас красивый дом на берегу лесного озера, благо жить мы можем там, где комфортно. Позади у нас и школы, и институты разные, но Хранителем быть ни один институт не научит, это дар души, так что мы просто живём, иногда посещая родителей. Время для наших детей ещё не пришло, ведь тогда работу придётся отложить надолго, а мы пока ещё не нагулялись по мирам.

И я, и Лилька ещё очень юны, поэтому у нас есть наш путь. Спасая миры, мы тем не менее не спешим жить. Ну и спасаем мы тоже по-разному. Иногда находит применение и опыт, почерпнутый у реципиентов, иногда нужно добром и лаской, хотя хочется тапком. Иногда лучше вообще уйти. Именно поэтому нас много, за каждую цивилизацию несёт ответственность своя пара.

Моя и Лилькина история была очень похожа на то, что мы пережили у реципиентов, только начиналась она иначе — в бэтээр подсадили именно Лильку, колонна попала в засаду, и должны были мы там закончиться, если бы не Хранители. Лилька тогда жила с капитаном из замполитов, в общем-то, он её, конечно, заставил, потому как при Союзе не всё так просто было. Впрочем, нас тогда вытащили из-под огня, и был и у Лильки моей, да и у меня очень долгий путь к осознанию.

Впрочем, с тех пор много воды утекло, мы уж и считать перестали. Сначала Лилька очень детей хотела, но потом у нас как-то внезапно у обоих появились родители, и моя девочка принялась наслаждаться детством, которого не знала. Мы — детдомовские оба, но вот откуда именно родители появились, нам так и не сказали... Даже, кажется, они были всегда. Наверное, награда за что-то... Кто знает?

— На ручки хочу! — скорчив капризное выражение, сообщает мне Лилька, заставляя улыбнуться.

— Тихонравов, стой! — привлекает моё внимание куратор.

Интересное кино, мы же только-только, можно сказать, вернулись, в чём дело-то? Я внимательно смотрю на приближающегося схожего с носорогом мужчину, понимая, что домой мы сегодня не попадём. Ну и что ещё случилось?

— У вас же двойное погружение было? — интересуется он.

— Вы же видели, — спокойно отвечаю ему. — Что случилось?

— Посмотри, — показывает он сферу, в которой отображается мир, во многом на наш похожий, но явно из другой линии. — Первичные реципиенты погибли, — объясняет он мне.

Я разглядываю проекцию мира, пытаясь понять, в чём дело. Двойное погружение — это как у нас с Лилькой: школьники в проекции погрузились в живших, чтобы помочь с ориентацией, создать определённый фон и защитить. В общем-то, всё, как всегда, вот только тут первичных выбрали неправильно. Пользуясь своей памятью, я вижу, что их действительно убили, что означает — вторичные, те, от кого зависело существование этой линии, оказались без поддержки. Как результат, Хранитель погиб, и девочка осталась одна. Двое детей... Но тут вариантов нет, Хранимая одна...

— Саш, дай посмотреть, — просит меня Лилька.

— Девочке надо пройти вот это расстояние, — показываю я, — повернуть сюда и нажать эту кнопку, видишь? Но она одна.

— Её Хранитель погиб, защищая её... — шепчет Лилька. — Если она продолжит рыдать, то потеряет время, правильно?

— Правильно, — кивает куратор. — Но это означает...

— Перевод на другую линию, — отвечаю ему. — То есть у нас всё заново вместо отдыха, так?

— А что делает эта кнопка? — интересуется моя Хранимая.

— Она освобождает людей, — куратор показывает нам варианты, что произойдёт, если ею воспользоваться. — Это не полностью технологический мир, гибель такого количества людей...

Объяснять не надо, особенности колдовских миров нам рассказывали на лекциях, отчего и Лилька, и я очень хорошо понимаем, что будет, если все погибнут. Открывшийся инфернальный проход просто-напросто уничтожит линию мира полностью. Погибнут миллиарды разумных существ. Но тут есть проблема — Хранитель погиб, если с девочкой что-то случится, её душа может быть уничтожена вместе со всеми.

— Я не могу погрузиться в неё? — интересуюсь у куратора, зная ответ. Она — Хранимая, как Лилька. Я не могу погрузиться.

— Тогда я пойду! — решается моя девочка.

— Это очень опасно, родная, — пытаюсь остановить я

её. В конце концов, это не наша линия! Если с ней что-то случится, не будет и меня...

— Я должна, любимый... — Лиля впервые меня называет именно так.

Она смотрит мне в глаза, я обнимаю её, но мы оба понимаем — куратор обратился к нам не просто так. Другого выхода просто нет ни у неё, ни у меня. Я вздыхаю, медленно кивнув. Я должен доверять моей Лильке, должен! Значит, всё будет хорошо?

## ЛИЛИЯ НАЙДЁНОВА

У меня нет имени, только символ — красный кружок. Это означает, что я годна для деторождения и должна быть принесена в жертву после рождения ребёнка. Мой Айн только что погиб, он закрыл меня от колдуна, упав вместе с ним в бездонную пропасть, я же осталась одна.

Я предназначена в жертву даже до наступления способности продолжить род, потому что сегодня умрут все. Моё видение подсказало мне, что сегодня не останется никого. Мне уже всё равно, пусть никого не будет, ведь моего Айна больше нет, а значит, не будет и меня, ведь я не могу без него жить.

И в тот самый момент, когда я уже готова шагнуть в пропасть вслед за тем, кто был смыслом моей жизни, что-то происходит. Я чувствую, как сотрясается моё тело. Это я и, кажется, не я уже... Что подтверждает внезапно зажёгшийся внутри огонёк надежды. А вдруг, если я сделаю всё что нужно, Айн оживёт? Ведь бывают же чудеса на свете, не только же чёрное колдовство? Эта мысль придаёт мне сил, я поворачиваюсь спиной к пропасти и вдруг, неожиданно даже для самой себя, начинаю бежать по разгорающейся красным пламенем железной дороге.

Я знаю, Айн не зря пожертвовал собой ради меня, поэтому я должна сделать всё, что в моих силах. Дорога становится всё более горячей, всё сильнее печёт ноги, они уже почти горят в огне, но меня ведёт надежда, и я бегу. Внутри моего сознания всё настойчивее звучит, повторяясь, странное слово «Саш!» — как заклинание, и именно это даёт мне силы бежать дальше.

Боль уже такая, что я почти ничего не вижу из-за слёз, я не хочу этого, но я должна. Вот и поворот, в который я влетаю, будто на крыльях, но там стоит гудящая стена пламени, перекрывая мне дорогу. Я уже вижу этот налившийся чёрным светом камень, но как мне до него добраться? Пламя меня сожжёт! Я не хочу в огонь, я очень боюсь его, но тот огонёк, повторяющий заклинание, он будто обнимает меня, даря уверенность, я закрываю глаза и, завизжав, бросаюсь вперёд.

Становится очень горячо, я чувствую, как горит моё платье, как трещат, сгорая, волосы, но каким-то чудом добегаю до своей цели, чтобы всем телом вдавить камень. И крепость чёрных колдунов содрогается. Огонь исчезает, но не пропадает боль, от которой я падаю на эту страшную дорогу, чтобы захлебнуться в рыданиях. Я почти не вижу, как становится вдруг светло, как ко мне медленно приближаются люди, но услышав аханье, я раскрываю глаза пошире.

Откуда-то из недр чёрной колдовской крепости на белоснежных ярких крыльях ко мне спускается мой Айн. Он очень бережно берёт меня на руки, укрывая прохладой своих крыльев, и всё вокруг утопает в ярком белом свете.

Теперь всё будет хорошо, ведь боги вернули мне моего Айна.

Я открываю глаза в Сашкиных объятиях. Он, конечно, видел всё произошедшее и теперь обнимает меня, но... Что это? Я будто нахожусь в белом мягком коконе крыльев моего самого любимого человека на свете. Ну, теперь, видимо, не совсем человека... Рядом стоит куратор, тихо ругаясь. Оказывается, Сашка бросился в проекцию, погружаясь в почти погибшее тело, чтобы явиться мне навстречу, и боги того мира оценили это.

Ох... Придётся нам вместо отдыха изучать новую для себя линию миров, чтобы сохранить в ней разум, потому что других вариантов, похоже, нет. С другой стороны, это новые приключения, ведь так? Хранители — это не только постоянный бой, у нас и радостные моменты бывают, ну а пока нам положен отдых, несмотря на то что спасение мира в этот раз прошло быстро...

— Саша, а ты летать умеешь? — интересуюсь я.

— Ты тоже, скорей всего, — улыбается он, а я замечаю, что у меня тоже есть крылья. Получается, мы что — ангелы, что ли? Или здесь нет такой мифологии?

— Ну, я устала, я на ручки хочу, — ною я, потому что действительно хочу, это во-первых, а во-вторых, могу же я покапризничать, в конце-то концов!

— Тогда полетели, — Сашка гладит меня по голове, а потом, подхватив поудобнее на руки, расправляет обновки, унося меня, кажется, прямо в небо, отчего я радостно визжу.

Куратор остаётся где-то внизу, а я просто счастлива, потому что у меня есть мой Сашка. Поэтому мне комфортно и очень радостно на душе. И очень хочется, чтобы это продолжалось вечно.

Конечно, впереди у нас много разных испытаний, техно-колдовские миры неустойчивы, несмотря даже на внушительный пантеон местных богов, поэтому работа нам не раз ещё предстоит, но это будет потом, когда-нибудь. Ещё надо особенности миров линии изучить по той же причине — неустойчивые они и прогресса не любят. А если я вдруг пулемёт изобрету или ещё что-нибудь убойное? Что тогда будет? Вот, чтобы осознавать последствия, и нужно внимательно изучить особенности линии миров.

Сашка приземляется прямо возле нашего дома, его крылья складываются и исчезают, меня же это сильно заинтересовывает, поэтому я расспрашиваю любимого о том, как он это сделал, а потом долго тренируюсь проявлять и прятать крылья. Вообще, интересно, конечно. Из погружений мы приносим с собой знания, опыт, но вот такое у нас впервые. Интересно, это только у нас впервые или вообще впервые? Надо будет узнать…

Помню, как была удивлена существованием Хранителей, я-то думала, мир устроен проще, а тут оказалось, что их много. За ними ещё присматривать надо, а кто-то присматривает за нами, и так до бесконечности. Присмотр нужен за каждым, вот! Саша тогда по-немецки это очень метко охарактеризовал — что-то о том, что контроль лучше доверия, но я точно не помню уже, это было так давно...

Что-то это короткое погружение во мне изменило, я просто чувствую это. Прошлые тоже по чуть-чуть нас меняли, но вот это — точно изменило, потому что мне хочется того, чего раньше не хотелось. Может быть, меня изменила избитая зверем девочка? Или девушка, которой хотели сделать очень больно? Или... Или совсем малышка, которой я подарила надежду на спасение её самого близкого человека, потому что не видела другого выхода? Кто-то из них, наверное, изменил меня, потому что теперь мне хочется слышать...

— Сашка, — обращаюсь я к своему единственному. — А давай детей заведём?

— Их не заводят, — улыбается он. — Их рождают, причём все, даже мы, точнее, ты.

— Я помню... — прижимаюсь к нему всем телом. — Давай, а?

Вместо ответа он накрывает своими губами мои. Мы, разумеется, уже были вместе, и не раз, но в этот раз всё как-то иначе. Может быть, во мне живёт страх той Лильки ничего не почувствовать и с ним? Но я отлично чувствую... Всё-всё чувствую. Его руки, его губы, его любовь, его тепло...

Проходит совсем немного времени, ну, по-моим ощущениям, и в наших руках улыбаются долгожданные наши «ангелочки». Миша и Вера — действительно мои ангелы, ну и Сашкины, конечно. Они — наше чудо, наше продолжение, наша жизнь, потому что это правильно. Во время беременности погружения были запрещены, да и сейчас пока тоже, потому что мы нужны нашим малышам постоянно.

Кем они станут, сейчас никто не может сказать, но я точно знаю, что наши дети будут счастливы. У них не будет злых взрослых, боли и слёз одиночества, мы всё для этого сделаем. И Сашка, и я ни за что не хотим нашим малышам того, что сами пережили и в «первой» жизни, и в наших погружениях. Пусть они будут счастливы!

— Хм, любимая... — начинает говорить Сашка, раскрыв тубус с только что прилетевшим письмом.

— Что случилось? — я моментально сбрасываю веселье, надеясь только на то, что это не погружение.

— Нас переводят на преподавательскую работу... — муж выглядит ошарашенным. — Надо выяснить, с чего бы...

Знаю я, с чего это... Потому что у детей, скорей всего, какой-то редкий дар или способность... Нам на это куратор ещё полгода назад намекал в своей манере, но Сашка его не понял. Мужчины вообще плохо намёки понимают, потому и не понял, наверное... Впрочем, это неважно, потому что у нас теперь впереди долгая счастливая жизнь. Без погружений и опасностей, зато с самой лучшей на свете семьёй. Вот оно, счастье!

# Сноски

## ГЛАВА ПЕРВАЯ

1. Боевая колёсная плавающая бронемашина для транспортировки личного состава мотострелковых подразделений и их огневой поддержки, в том числе и в условиях применения оружия массового поражения.
2. Знатоков истории афганской войны автор просит промолчать в связи с тем, что произведение фантастическое.
3. Сотрудник особого отдела — военная контрразведка.
4. Крупнокалиберный пулемет Дегтярёва-Шпагина.
5. Подробности этого и последующих удивлений вырезаны цензурой.
6. Так поначалу называли моджахедов.
7. Бронетранспортер (сленг).
8. «Духман» на пушту — враг, «ман» отбросили, вот и получились «духи».
9. Гроб из оцинкованного стального листа, в котором обычно транспортируют и хоронят тела при необходимости длительной перевозки.
10. Кличка.

## ГЛАВА ЧЕТВЁРТАЯ

1. Credit Suisse — в то время один из двух старейших банков Швейцарии. В нашей истории был поглощен банком UBS в 2022 году.
2. Мазь, помогающая справиться с гематомами.
3. Mitsubishi Pajero — среднеразмерный японский внедорожник.
4. Долларов (сленг).
5. Сленговое название мобильного телефона.

## ГЛАВА СЕДЬМАЯ

1. Административная стойка отеля.
2. В расплавленный сыр обмакивают насаженные на специальные длинные вилочки кусочки хлеба, картофеля, корнишонов, оливок и иных продуктов.
3. Название известного горячего блюда, которое, как и сырное фондю, готовится путем медленного плавления сыра.

## ГЛАВА ЧЕТЫРНАДЦАТАЯ

1. В марках машин девочка не разбирается.

## ГЛАВА ДВАДЦАТАЯ

1. Маршрутный летающий транспорт.

## ГЛАВА ДВАДЦАТЬ ПЕРВАЯ

1. Шарообразное млекопитающее с долей жира в организме около 90 %.
2. Членистоногое, предпочитающее селиться в экскрементах крупных млекопитающих.

# Содержание

| | |
|---|---|
| ГЛАВА ПЕРВАЯ | 1 |
| Александр Тихонравов | 1 |
| Лилия Найдёнова | 6 |
| ГЛАВА ВТОРАЯ | 11 |
| Александр Тихонравов | 11 |
| Лилия Найдёнова | 16 |
| ГЛАВА ТРЕТЬЯ | 21 |
| Александр Тихонравов | 21 |
| Лилия Найдёнова | 25 |
| ГЛАВА ЧЕТВЁРТАЯ | 31 |
| Александр Тихонравов | 31 |
| Лилия Найдёнова | 35 |
| ГЛАВА ПЯТАЯ | 41 |
| Александр Тихонравов | 41 |
| Лилия Найдёнова | 45 |
| ГЛАВА ШЕСТАЯ | 51 |
| Александр Тихонравов | 51 |
| Лилия Найдёнова | 55 |
| ГЛАВА СЕДЬМАЯ | 61 |
| Александр Тихонравов | 61 |
| Лилия Найдёнова | 65 |
| ГЛАВА ВОСЬМАЯ | 71 |
| Александр Тихонравов | 71 |
| Лилия Найдёнова | 75 |
| ГЛАВА ДЕВЯТАЯ | 81 |
| Александр Тихонравов | 81 |
| Лилия Найдёнова | 85 |

ГЛАВА ДЕСЯТАЯ 91
Александр Тихонравов 91
Лилия Найдёнова 96

ГЛАВА ОДИННАДЦАТАЯ 101
Александр Тихонравов 101
Лилия Найдёнова 106

ГЛАВА ДВЕНАДЦАТАЯ 111
Александр Тихонравов 111
Лилия Найдёнова 115

ГЛАВА ТРИНАДЦАТАЯ 121
Александр Тихонравов 121
Лилия Найдёнова 125

ГЛАВА ЧЕТЫРНАДЦАТАЯ 131
Александр Тихонравов 131
Лилия Найдёнова 135

ГЛАВА ПЯТНАДЦАТАЯ 141
Александр Тихонравов 141
Лилия Найдёнова 145

ГЛАВА ШЕСТНАДЦАТАЯ 151
Александр Тихонравов 151
Лилия Найдёнова 155

ГЛАВА СЕМНАДЦАТАЯ 161
Александр Тихонравов 161
Лилия Найдёнова 165

ГЛАВА ВОСЕМНАДЦАТАЯ 171
Александр Тихонравов 171
Лилия Найдёнова 175

ГЛАВА ДЕВЯТНАДЦАТАЯ 181
Александр Тихонравов 181
Лилия Найдёнова 185

ГЛАВА ДВАДЦАТАЯ 191
Александр Тихонравов 191
Лилия Найдёнова 195

| | |
|---|---|
| ГЛАВА ДВАДЦАТЬ ПЕРВАЯ | 201 |
| Александр Тихонравов | 201 |
| Лилия Найдёнова | 206 |
| ГЛАВА ДВАДЦАТЬ ВТОРАЯ | 211 |
| Александр Тихонравов | 211 |
| Лилия Найдёнова | 215 |
| ГЛАВА ДВАДЦАТЬ ТРЕТЬЯ | 221 |
| Александр Тихонравов | 221 |
| Лилия Найдёнова | 225 |
| ЭПИЛОГ | 231 |
| Александр Тихонравов | 231 |
| Лилия Найдёнова | 236 |
| *Сноски* | 243 |

www.ingramcontent.com/pod-product-compliance
Lightning Source LLC
LaVergne TN
LVHW021331080526
838202LV00003B/137